DREAMBOOKS★

신화의 전장

dream
books
드림북스

신화의 전장 19

초판 1쇄 인쇄 2021년 6월 22일
초판 1쇄 발행 2021년 7월 6일

지은이 박정수
발행인 오영배
편집 편집부
일러스트 엑저
본문 디자인 오정인
제작 조하늬

펴낸곳 (주)삼양출판사 · 드림북스
주소 서울시 강북구 도봉로 173
대표 전화 02-980-2112 **팩스** 02-983-0660
편집부 전화 02-987-9393 **팩스** 02-980-2115
블로그 blog.naver.com/dreambookss
출판등록 1999년 3월 11일 제9-00046호.

ISBN 979-11-283-7007-6 (04810) / 979-11-283-9403-4 (세트)

드림북스는 (주)삼양출판사의 판타지 · 무협 문학 브랜드입니다.

신화의 전장

19

박정수 현대판타지 장편소설

MODERN FANTASY STORY & ADVENTURE

dream
books
드림북스

목 차

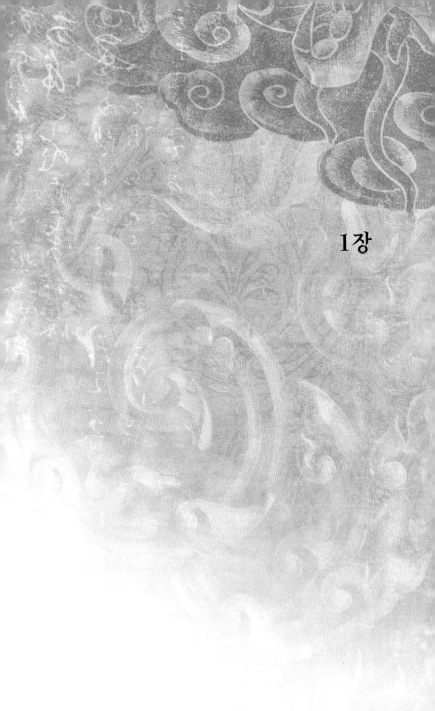

1장

봉황궁이었다가, 용궁이 된 대궐.
대전에 두 사내가 마주 앉아 있었다.

한반도를 비추는 태양.
용왕 문무.

그리고 한반도의 어둠을 집어삼키는 달.
삼족오, 박현.

한반도의 빛과 어둠이 만났다.

　　　　　*　　　　　*　　　　　*

　달그락.

　용왕 문무는 다과상 맞은편의 주인을 잃은 찻잔을 쳐다
보았다.

　"해태, 자네. 왜 자네가 그리 그를 끼고 살았는지 알겠군."

　용왕 문무는 활짝 열린 대전의 문으로 시선을 들었다.

　"차를 다시 내오라 할까요?"

　신구가 조용히 다가왔다.

　"앉지."

　용왕 문무가 자리를 권하자, 신구는 조금 전 주인을 잃은
방석에 자리를 잡고 앉았다.

　"차를 다시 내오라."

　"예, 폐하."

　용왕 문무의 명을 받잡은 서 상선이 눈빛을 전하자, 쥐소리
귀신 몇이 조용히 다과상을 치우고, 다시 다과상을 차렸다.

　"생각이 많아 보이십니다."

　신구는 새로 차려진 다과상에는 그다지 관심을 보이지
않았다. 그저 복잡한 표정을 짓고 있는 용왕 문무를 바라보
았다.

"생각이 많다, 라. 많지. 많을 수밖에."

찻물을 마시던 용왕 문무는 밍밍함에 찻잔을 내려놓았다.

"차로는 안 되겠구나."

"약주를 내어오겠나이다."

눈치가 빠른 서 상선이 재빨리 다과상을 치우고, 소박한 술상을 빠르게 차려냈다.

"해태가 너무 큰 짐을 주고 말았어."

탁.

용왕 문무는 술잔을 비웠다.

"소신이 한 잔 올리겠습니다."

신구는 술병을 들어 용왕 문무의 빈 잔을 채웠다.

"그대는 어찌 생각하는가?"

"글쎄요. 큰 짐이라면 큰 짐이지만, 마땅히 들어야 할 짐이라면 드는 것이 아니겠습니까?"

"흥."

신구의 말에 용왕 문무가 코웃음을 쳤다.

"말은 쉽게 하는군."

"고민은 언제나 왕의 몫이지요. 하찮은 신하의 몫이 아니옵니다."

"에잉."

능청스러운 신구의 말에 용왕 문무는 마뜩잖은 표정과 함께 술잔을 들었다.

"나는 말일세."

"……."

"이 땅의 수호자가 아니야."

용왕 문무의 목소리가 진중해졌다.

"내가 지키고자 했던 내 나라는 망했지."

"……."

"그 나라를 무너트린 자의 핏줄이야."

용왕 문무는 멍하니 고개를 들어 푸른 하늘을 올려다보았다.

"내가 어찌해야 하나?"

"……."

신구는 용왕 문무의 말을 그저 들어줄 뿐.

가타부타, 어떤 말도 덧붙여주지 않았다.

"쪼잔한 복수라도 해볼까?"

"음……."

아무 말이 없던 신구가 묘한 신음을 흘렸다.

"신의 기억에 의하면 신라가 무너진 건 삼족오에 의해서가 아니라, 신라가 먼저 폐하를 버려서가 아니옵니까?"

"……."

신구의 말에 용왕 문무는 아무런 말도 하지 않았다.

표정을 보니 안 하는 게 아니라 못하는 것이리라.

"그렇게 은혜를 잊고 망국의 길을 걸었지요."

신구의 말 한 마디가 안주가 되어 한 잔.

"그리고 딱히 삼족오께서도 나서지 않으셨던 것으로 기억합니다."

다시 한 잔.

"그저 신라의 기운이 다한 것이고, 그 빈자리를 '왕'의 성씨들이 채운 것일 뿐."

신구는 용왕 문무를 빤히 쳐다보았다.

"아니 그렇습니까?"

"무슨 말을 그리 아프게 하나?"

용왕 문무의 타박에도 신구는 별다른 표정의 변화 없이 말을 이어갔다.

"비록 해태 님을 통해서라지만, 폐하께서도 삼족오 님의 도움을 적잖게 받은 걸로 아옵니다."

"흥!"

용왕 문무는 냉소적인 표정으로 코웃음을 쳤다.

"어차피 우리 아닙니까?"

"우리? 우우리이?"

용왕 문무는 기가 차다는 듯 목소리를 길게 늘여트렸다.

"인간들은 그렇다고 하더군요. 반만년의 단일민족."

"그래서? 뭐?"

"판단이야, 폐하께서 하시는 것이지요."

"이미 결론을 내어놓고, 판단은 내가 해라?"

신구는 다시 합죽이가 된 듯 더 이상 말이 없었다.

"속 편해서 좋겠어."

용왕 문무의 이죽거림에 신구는 그저 담담한 미소만 지을 뿐이었다.

"그리 단순한 거면 좋으련만."

몇몇의 천외천들이 용왕 문무의 머릿속을 스치고 지나갔다.

"용생구자도 버겁건만……."

*   *   *

미국.

메릴랜드 주, 북부.

뜨거운 태양이 내리쬐는 숲.

그 숲 안에 펼쳐진 광활한 초원.

그리고 새하얀 별장.

캠프 데이비드.

미 대통령의 별장이자 산장이었다.

탕— 탕— 탕—
테니스 코트 위로 녹색 공이 빠르게 오가고 있었다.
"하앗!"
금발의 백인 사내가 짧지만 굵은 기합을 터트리며 테니스 공을 코트 구석으로 절묘하게 찍어 날렸다.
"흡!"
다급히 흑인 사내가 그 공을 쫓아 몸을 날렸지만, 애석하게도 테니스 공은 그의 채를 외면한 채 지나가고 말았다.
"허억, 허억. 허억!"
공을 놓친 흑인은 거친 숨을 감추지 못한 채 힘겹게 자리에서 일어났다. 체력이 다한 듯 그의 두 다리는 눈에 띄게 떨리고 있었다.
"수고했다."
그 모습에 금발의 사내가 테니스 채를 옆으로 내밀자, 근처에서 대기하고 있던 노년의 집사가 재빨리 다가왔다.
집사는 테니스 채를 받아드는 동시에 새하얀 수건을 그에게 넘겼다.

금발의 사내는 수건으로 얼굴을 훔치며 테니스 코트 옆, 파라솔 벤치로 향했다.

비치 베드에 눕듯 앉은 사내는 시녀가 내미는 오렌지 쥬스를 한 모금 시원하게 마셨다.

금발의 사내는 쥬스 잔을 내려놓으며 그제야 자신과 마주하고 있는 집사와 눈을 마주했다.

"어쩐 일로 노구를 이끌고 테니스 장까지 왔나?"

몸이 불편하여 어지간하면 별장 건물에서 나가지 않는 집사였다.

"동아시아에 변고가 일어났습니다."

"변고? 말해 봐."

금발의 사내는 별다른 신경을 주지 않고 시가를 입에 물었다.

"남한에서 태어난 갓(God), 천외천이 삼족오로 밝혀졌습니다."

"삼족오라. 어떤 놈인지 한번 보고 싶기는 하군. 그건 어느 정도 예상했던 바이고. 다른 소식은 없나?"

금발의 사내는 시가에 불을 붙였다.

"그의 손에 중국의 다섯 용의 목이 떨어졌습니다."

이어진 보고에 금발의 사내의 움직임이 잠시 멈췄다. 하지만 그것도 잠시 금발의 사내는 느긋하게 시가를 한 모금 깊게 빨았다.

"일본에 이어 중국까지. 삼족오라는 놈이 전설의 천외천이긴 한 모양이군. 그럼 동아시아는 무주공산인가?"

금발의 사내는 눈빛을 반짝였다.

"그렇지 않습니다."

"아아! 용생구자 놈들이 있었지."

잊고 있었다는 듯 금발의 사내는 손가락을 탁 튕겼다.

"일단 자세히 알아봐봐."

"예."

"그리고 촌구석 용들은?"

"아직까지 별다른 반응이 없어 보입니다."

"흠."

금발의 사내는 손으로 턱을 쓰다듬었다.

"알았어."

금발의 사내가 손을 휘휘 젓자, 집사는 허리를 숙인 뒤 물러났다.

"어이, 프레드릭."

금발의 사내는 물러나는 집사를 불렀다.

"대통령 좀 오라고 그래."

"바로 전하겠습니다."

집사가 사라지고.

"적어도 일본과 남한은 먹고 싶은데. 아니 한반도까지."

금발의 사내, 미국의 갓(God) 피닉스는 나른한 표정을 지으며 비치 베드에 누웠다.

"욕심 많은 촌구석 놈들은 어찌하려나?"

피닉스는 재미난 장난감을 발견한 듯 씨익 웃었다.

*   *   *

"그랬단 말이지."

비희의 무거운 음성이 흘러나왔다.

"예."

애자가 떨리는 목소리로 대답했다.

"결국 그 녀석은 아비의 피와 살점을 먹고 자란 원수의 자식이로구나."

비희의 목소리도 가늘게 떨렸다.

하지만 애자의 반응은 달랐다.

끓어오르는 분노를 애써 속으로 삭였기 때문이었다.

"폐안."

"예, 형님."

"일본은?"

"우열을 가리기 어렵습니다."

"네가 단단히 중심을 잡아. 그 힘이 그 녀석에게 쏠리지 않도록."

"알겠습니다."

"이문, 초도야."

"예."

"삼족오에 용왕이다. 한반도에서는 철수한다."

"……."

"……예."

"중국에서 우리의 꿈을 이룰 것이다. 아버지의 꿈, 그리고 우리의 복수, 그 모든 꿈을."

중국몽(中國夢).

"중국을 이용해 한반도를 지울 것이야. 반드시!"

*　　　*　　　*

"이 땅의 주인을 뵈옵니다."

앳된 여인이 박현에게 큰 절을 올렸다.

"이리 다시 뵈어, 이 할미는 죽어서도 여한이 없사옵니다."

앳된 여인의 눈가가 축축해졌다.

"휴우—."

박현은 그런 앳된 여인을 바라보며 한숨을 나직이 쉬었다.

자신보다 어려 보이는 저 여인이, 바로 안순자였기 때문이었다.

"……."

신비선녀를 통해 미리 언질을 받았어도 이 상황이 어색하기 짝이 없었다.

"평생 이리 살아오신 겁니까?"

박현은 어색함 속에 입을 열었다.

"이제 편히 눈을 감을 수 있겠습니다."

안순자는 담담히 미소를 지었다.

"……."

그 미소에 박현의 눈매가 가늘어졌다.

당황스럽고 어색함에 미처 보지 못했었는데, 그녀의 얼굴은 창백하고 안색이 파리하기 짝이 없었다.

병색이 완연한 것을 보면 몸이 성치 않음을 알 수 있었다.

"몸이 안 좋으십니까?"

"역시 이 몸이 낯선 모양입니다."

타인을 대하는 듯, 박현의 말투가 조금 딱딱했던 모양이었다. 안순자의 입가에 씁쓸함이 배였다.

"몸이 안 좋으시냐고 물었습니다."

박현이 다시 물었다.

그 물음에 안순자는 박현의 눈을 한동안 마주하다 미약하게 고개를 끄덕였다.

"일부러 그러한 몸을 선택하신 겁니까?"

이번에도 대답 없이 고개를 끄덕였다.

"이미 하늘에 많은 죄를 지었습니다. 한을 덜어냈으니 하루라도 빨리 저승으로 가 죄를 받아야지요."

"하아―."

박현은 다시금 한숨을 깊게 내쉬었다.

"왜 그러셨습니까? 왜요?"

그 물음에 답은 없었다.

"이 몸으로는 옛정을 나누기 어색하지요?"

안순자는 가슴에 손을 얹었다.

"시간이 해결해주겠지요."

"그랬으면 좋겠습니다."

안순자는 담담히 웃은 뒤 자세를 고쳐 앉았다.

이제까지 손자를 대하는 듯한 편안함이 아니었다.

"태양의 후손이자, 겨레의 빛에게 한 말씀 올리고자 합니다."

"혹여 아버님의 유언입니까?"

"예."

안순자의 말에 박현도 자세를 고쳐앉았다.

"이 땅의 누구도 너의 존재를 알지 못하게 하라, 라고 하셨습니다."

"……?"

박현이 고개를 갸웃거렸다.

"이해가 안 되시나요?"

"그렇습니다."

"그럼 인간사에 빗대어 말씀을 드리지요."

안순자의 말에 박현이 고개를 끄덕였다.

"최고의 성군은, 백성들이 그 이름을 모르는 이다."

"흠."

"태평성대가 열리면 백성들은 왕이 누구인지 알 필요가 없어진다는 말이지요."

"이 땅에 평화를 가져오란 말씀이십니까?"

박현의 물음에 안순자는 고개를 끄덕였다.

"그분이 사시던 세상과 지금의 세상은 많이 다릅니다."

현재와 달리 과거에는 신이 인간과 함께 살아갔었다.

"현 세상에 그대께서 모습을 드러낼 일은 없으나, 아니 그래서도 아니 되지만. 그렇다 하여도 이 땅의 평화를 지켜내는 게 바로 그 뜻을 이어받는 게 아닌가 싶습니다."

생각지도 못한 유언에 박현은 잠시 멍하니 천장을 올려다보았다.

"현아."

박현의 상념이 안순자의 목소리에 깨어졌다.

그녀는 옛날, 그 기억 속 말투로 박현을 불렀다.

목소리나 얼굴이 달랐지만, 그녀의 말투는 전과 다르지 않았다.

"이건 손주를 향한 내 당부구나."

"⋯⋯예."

박현은 어색함을 떨치지 못하고 대답했다.

"네가 수많은 이의 피를 먹고 태어나고 자랐다는 건 알고 있지?"

박현은 대답을 하려고 입을 열었다가 어색함에 입을 닫고 고개를 끄덕였다.

"그 피의 시작과 끝은 태고의 용이었다."

"아버지가 계획하신 건지요?"

박현의 물음에 안순자는 고개를 저었다.

"그건 내 뜻이었단다."

안순자는 말에 한숨이 섞여 있었다.

"우리의 신은 온전한 후세를 남기지 못할 정도로 죽어가

고 있었고, 그분이 겨우 남기신 건 빛을 잃은 원기(元氣)였
지. 우리는 부족한 원기를 찾아야만 했어."

"그게 태고의 용이었군요."

"황룡와 오룡의 손에 죽어가는 태고의 용의 배를 헤집어
그의 정기를 빼낼 수 있었다. 천운이 따른 것이지."

그때를 회상하는 그녀의 눈빛은 어느 때보다 반짝였다.

"그리고 남은 건 우리의 신과 황룡의 기운을 합쳐줄 여
인을 찾는 것이었다."

"그게 어머니였군요."

박현의 말에 안순자가 고개를 끄덕였다.

"현아."

"예."

"용생구자의 원한은 모르긴 몰라도 하늘을 찌를 것이
다."

그들을 떠올리자 박현은 마음이 답답해졌다.

좋은 형제들이었다.

한 핏줄임을 믿어 의심치 않았는데, 한순간 원수의 자식
들이 되어 버린 것이었다.

아니 한순간은 아니었다.

자신도 조금씩 느꼈고, 그들도 느꼈으리라.

"어찌하기를 바라십니까?"

"어찌하기를 바라는 건 아니란다."

"……?"

"현명하게 잘 풀기를 그저 기원할 뿐이란다."

말을 마친 안순자는 잠시 박현의 얼굴을 빤히 쳐다본 후 자리에서 일어났다.

"가시렵니까?"

"할 말을 다 했으니 가야지."

병색이 완연한 만큼 용을 쓰며 힘겹게 자리에서 일어났다.

"괜찮다."

박현이 부축을 하려 했지만 그녀는 괜찮다며 홀로 일어섰다.

"맞다. 현아."

"예."

"혹여나 어려운 일이 생기면, 헝가리로 가거라."

"……?"

그녀의 말에 의아한 생각이 들었다가, 문득 그녀가 헝가리에서 잠적했다는 사실을 떠올렸다.

"헝가리의 신, 투룰(Turul). 너와 같은 까마귀의 핏줄이다."

"……!"

"그리고 그의 고향이 바로 이 땅. 한반도다."

"그래서……."

안순자는 박현의 말을 귀로 흘리며 방문을 열었다.

"나올 것 없다."

방을 나온 안순자는 문을 닫자마자 비틀거렸다.

"괜찮으십니까?"

밖에 있던 신비선녀가 재빨리 다가와 그녀를 부축했다.

"쿨럭!"

그 순간 안순자는 피를 한 모금 토해냈다.

"괜찮네."

"현이가……, 그분께는……."

신비선녀는 닫힌 방을 쳐다보았다.

"말하지 마시게."

안순자는 손수건을 꺼내 피를 닦아냈다.

"우리의 인연은 여기까지인 게야."

"허나……."

"조손 사이라고 하나 핏줄은 이어지지 않았네."

안순자는 신비선녀의 어깨를 꾹 누르며 발걸음을 옮겼다.

"가세, 이만 쉬고 싶구먼."

                    *   *   *

안순자가 떠나고.

박현은 홀로 방 안에 앉아 생각에 잠겨 있었다.

어색하고 낯설었지만, 그녀가 떠나고 나니 허전하고 애틋한 마음이 들었다.

'억지라도 잡고 이야기를 나눌 것을 그랬나?'

하지만 고개를 저었다.

정상적인 대화를 나누기에는 그녀의 몸이 많이 좋지 않아 보였다.

'어차피 시간은 많으니.'

박현은 생각을 틀었다.

용생구자.

"흠."

그들을 떠올리자 깊은 침음이 절로 흘러나왔다.

이제 형제는 아닐지라도.

원수가 될지, '의' 자가 붙겠지만 형제의 인연을 이어갈지.

'일단 만나서 대화를 해봐야겠군.'

박현은 주먹으로 바닥을 툭툭 두들겼다.

"초도 형님."

아무런 반응이 없었다.

하지만 박현은 여전히 그가 자신과의 끈을 끊지 않았음을 알고 있었기에 한 번 더 바닥을 두들겼다.

툭툭—

"계시는 거 압니다."

…….

여전한 침묵.

"비희 형님께 말씀 좀 전해주시겠습니까? 일단 만났으면 한다고."

잠시 후.

초도의 검은 구멍이 열렸다.

"오랜만입니다."

박현은 자리에서 일어나 검은 구덩이를 향해 인사를 건넸다.

"휴우—."

검은 구덩이 안에서 복잡한 한숨이 흘러나왔다.

"들어와. 다들 기다리고 있어."

초도의 목소리가 검은 구덩이에서 흘러나왔다.

박현은 한 치의 망설임도 없이 검은 구덩이로 뛰어내렸다.

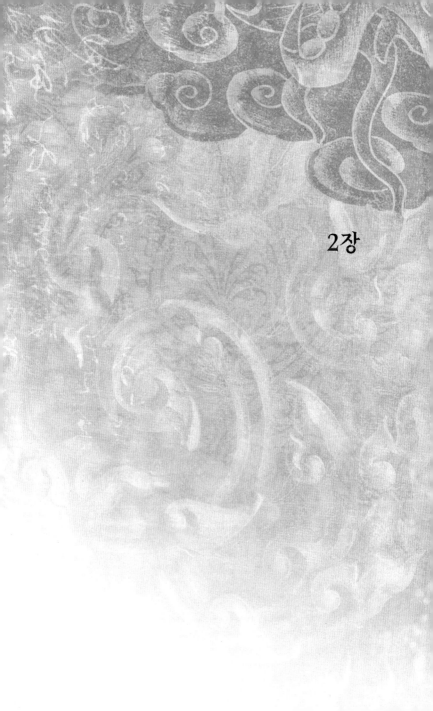

2장

초도의 길이 이어진 곳은 스워드 바였다.

"음."

익숙함, 편안함.

하지만 불편한 공기.

복잡한 속내에 박현은 속으로 침음성을 삼키며 시선을 앞으로 가져갔다.

비희를 비롯해 아홉 형제가 보였다.

시선을 피하는 이도 있었고, 복잡한 눈빛으로 눈을 마주하는 이도 있었다.

그렇게 용생구자는 각자의 생각대로 박현을 맞이했다.

박현은 눈인사를 건네며 그들이 앉아 있는 큰 테이블로 다가갔다.

"뭐라 인사를 건네야 할지 모르겠군요."

박현은 자신을 빤히 올려다보는 비희에게 인사 아닌 인사를 건네며, 그들의 맞은편 홀로 떨어진 의자에 앉았다.

"어서 와라."

퉁명스러운 이문이 인사를 건넸다.

박현은 고개를 짧게 끄덕임으로 인사를 대신했다.

"그래, 보자 한 이유가 뭔가?"

비희는 차가운 목소리로 물었다.

"일단 대화를 해보는 게 좋을 것 같았습니다. 그간 지내 온 정도 있으니 말입니다."

몇몇은 쓴웃음을 지었지만 비희는 그 어떤 표정의 변화도 보이지 않았다.

여전히 냉랭한 눈으로 박현을 바라볼 뿐이었다.

"대화가 소용이 있을까?"

"설령 없다 하여도 해봐야지요."

"……."

"제게 궁금한 것도 많으실 텐데, 안 그렇습니까?"

박현의 말에 비희는 짧은 침묵 후 고개를 얕게 끄덕였다.

"전후 사정을 알아낸 모양이군."

"상세한 것까지는 저도 확실히 파악하지 못했습니다만, 대략적인 부분은 들었습니다."

'들었다'라는 말에 비희의 눈빛이 반짝였다.

"우리의 아버지에 대한 모든 것."

하긴 그게 궁금할 것이다.

"들은 바에 의하면……."

박현은 가감 없이 알고 있는 바를 이야기했다.

"결국 아무것도 남김없이 돌아가셨군."

일말의 희망마저 꺼진 듯 비희는 슬픈 목소리로 중얼거렸다.

"왜 없습니까?"

박현이 말했다.

"설마 너 자신을 말하는 것은 아니겠지?"

비희는 시퍼렇게 눈을 떴다.

박현이 그 눈빛을 담담히 받자.

"그건 물려받은 게 아니라 빼앗은 거다."

비희는 으르렁거리듯 말했다.

박현은 그 말에 고개를 저었다.

"……?"

"본인이 아니라, 형제들. 당신들이 있지 않습니까?"

박현의 말에 비희의 눈이 살짝 커졌다.

"흠."

비희는 묵직한 침음을 삼키며 눈을 감았다.

그리고 깊은 침묵.

"그렇군."

그 침묵 끝에 비희는 눈을 떴다.

"어쨌건 고맙군."

"그래도 형제였으니까요."

"형제라……."

비희는 그 단어를 입 안에서 맴돌렸다.

"이번에는 본인이 묻고 싶습니다."

박현이 비희를 지그시 바라보았다.

"우리 사이에 의(義) 자를 붙입니까? 아니면 적(敵) 자를 세웁니까?"

그리고 물었다.

비록 피를 나누지는 못했지만, 의형제로 인연을 이어갈 것인지.

아니면 누군가는 죽어야 할 적이 될 것인지.

박현은 시선을 다른 형제들에게로 옮겨 하나하나 눈을 마주했다.

그리고 다시 비희를 보았다.

"너의 마음씀씀이에 잠시 마음이 흔들렸다."

목소리가 묘하게 슬프게 느껴졌다.

"허나 그렇다고 하여도."

허나 비희의 목소리는 단호하게 바뀌었다.

"아버지의 피를 먹고 자란 너에게 '의' 자를 붙일 수 없다."

비희는 눈을 부릅 치켜떴다.

"우리 사이엔 '적' 자를 세울 뿐이다."

박현은 그런 비희를 말없이 쳐다보았다.

"알겠습니다."

잠시 후, 박현은 천천히 고개를 끄덕였다.

"우리는 중국으로 철수한다."

중국에 터를 잡겠다는 뜻.

"평화롭게 보는 건 이번이 마지막이겠군요."

박현이 자리에서 막 일어나려는 그때.

탁.

이문이 위스키 한 병을 내왔다.

"함께 마시려고 구했던 거다."

이제는 함께 마실 일이 없어졌다는 뜻.

"주인에게 가는 게 맞겠지."

드르륵—

이문이 위스키 병을 탁자 위에 미끄러트렸다.

"처음 만났을 때에도 술이더니 헤어질 때에도 술이군요."

박현은 위스키 병을 받아들며 피식 웃음을 삼켰다.

"오래오래 만나지 말자."

박현은 고개를 끄덕이며 자리에서 일어났다.

"건넬 마땅한 덕담이 없군요. 잘들 계시기를."

짧은 인사를 남기고 박현은 그사이 피어난 검은 구덩이로 걸어 들어갔다.

박현이 떠나고.

"후우—."

"하아—."

답답한 한숨이 작게 튀어나왔다.

"누가 갈 것이냐?"

의자 등받이에 기대 팔짱을 끼고 눈을 감고 있던 비희가입을 열었다.

"어디를 말이오?"

이문이 물었다.

"아버지를 죽인 자. 그녀를 죽여야지."

"안순자 말씀이오?"

비희가 고개를 끄덕이며 천천히 눈을 떴다.

"우리가 이 땅을 밟고 있을 때 죽여야지."

"내가 가겠습니다."

폐안.

"찢어 죽어 마땅한 년이지만, 편안하게 보내주어라."

"알겠습니다."

폐안이 고개를 끄덕였다.

＊　　　＊　　　＊

경기도 외각.

어느 야산.

"참으로 좋구먼."

안순자는 엉성하게 만든 나무 평상에 앉아 시원한 바람을 쐬고 있었다.

"편안하게 병원으로 가서 쉬지 않으시고."

신비 선녀가 놋그릇에 따뜻한 녹차를 내어왔다.

"기도처라 변변한 살림이 없어요."

"그릇이 무슨 대수인가? 담긴 게 중요하지."

안순자는 놋그릇을 들어 따뜻한 녹차를 한 모금 마셨다.

"왜 이곳으로 오자고 하신 겁니까?"

신비 선녀가 궁금을 참지 못하고 물었다.

"신비."

안순자가 그녀를 바라보았다.

"그대에게 신성한 곳일 터인데, 미안하네."

"……?"

"내 끝까지 그대에게 폐만 끼치는구먼."

"무슨 말씀이신지."

"그래도 나를 이해해줄 이는 그대뿐이라 그러네."

안순자의 말은 오히려 의문을 더욱 키울 뿐이었다.

"곧 손님이 오실 거야."

"손님이라니요?"

"좋은 손님이 아닐세."

"……설마."

신비 선녀의 안색이 굳어졌다.

"여기서 우리 작별 인사를 나눠야 할 듯허이."

"당장이라도……."

신비 선녀가 얼굴을 굳히며 자리에서 일어나려는 것을 안순자가 그녀의 손을 꾹 잡았다.

"다 내 업보일세. 내가 목숨을 가져왔으니 내어주는 게 이치일세."

그리고는 고개를 저었다.

"미안하고, 또 미안하네."

"그래도 이건 아닙니다. 내 당장……."

후아아악!

그때 서늘한 바람 한 줄기가 그녀들을 스치고 지나갔다.

그 바람에 실린 살기에 신비 선녀의 몸이 얼어붙었다.

"생각보다 일찍 왔군."

안순자는 바람이 불어온 곳으로 고개를 돌렸다.

그곳에 검은 선글라스에 올백 머리를 한 이가 서 있었다.

폐안.

"오셨소?"

"그대가 안순자인가?"

"그렇소."

담담한 얼굴을 한 안순자가 물었다.

"내 한 목숨만으로 만족해주실 수 있겠소?"

폐안의 눈이 신비 선녀에게로 짧게 넘어갔다가 돌아왔
다.

"그대 한 목숨으로 만족할 참이오."

"억."

폐안이 대답을 하자, 신비 선녀가 의식을 잃고 평상 위에
쓰러졌다.

안순자는 힘겹게 그녀를 바르게 눕힌 뒤 평상에서 내려
왔다.

"고맙소."

"고마울 건 없소. 이걸로 그간의 정이 끊길 터이니."

스르릉—

폐안이 검을 뽑아들었다.

"내가 부탁할 입장은 아니나 여기는 저 아이에게 몹시
신성한 곳이오. 피는 안 뿌려졌으면 좋겠소."

폐안은 잠시 미간을 찌푸리며 주변을 둘러보았다.

그리고는 검을 집어넣었다.

"내 미안하다는 말은 안 하겠소."

그 말을 끝으로 안순자는 조용히 눈을 감았다.

퍽!

그리고 그녀의 미간이 터지며 뒤로 넘어갔다.

*　　　　*　　　　*

"뭐라고?"

박현이 자리를 박차고 일어나며 소리치듯 되물었다.

"돌아가셨다. 죽인 이는 폐안이고."

조완희는 착 가라앉은 목소리로 다시금 말했다.

박현의 뺨이 파르르 떨렸다.

"후우—."

박현은 튀어나오려는 감정을 다스리기 위해 잠시 눈을 감고 크게 심호흡을 했다.

"고통은?"

"그나마 편하게 가신 듯하다. 고통도 그다지 크지 않으셨을 거다."

"끙."

박현은 앓는 소리를 삼키며 자리에 털썩 앉았다.

"이렇게 등에 칼을 찌를지 몰랐군."

"냉정히 말해서 이보다 더 좋은 기회는 없었으니까."

조완희의 말이 맞지만, 공감도 하지만 박현은 차마 고개를 끄덕일 수는 없었다.

낯설지만.

좀처럼 마음으로 받아들여지지는 않지만.

그래도 다시 만났는데.

그녀의 결심으로 오랜 시간을 함께하지 못할 것도 알고 있었지만, 이렇게는 아니었다.

"할머니께서는 알고 계셨던 모양이더라. 용생구자가 자신을 찾아올 것을."

하긴.

용생구자의 수백 년 한의 시작점이 안순자였다.

그들이 빈틈을 정확히 찔렀고, 그저 자신이 안일했던 것이었다.

"장례 준비는 신어머니께서 하시기로 하셨다."

"신비께서?"

"어."

"감사하다는 말씀을 전해줘."

박현은 다시 자리에서 일어났다.

*　　*　　*

'CLOSE.'

자그만 팻말이 스워드 바 미닫이문 앞에 걸려 있었다.

언제나 북적이던 스워드 바는 인기척이 전혀 느껴지지 않았다.

끼익—

박현은 미닫이문을 열고 스워드 바에 들어섰다.

스워드 바는 여전했다.

다만 천천히 살펴보면 개인적인 물건들이 모두 정리되어 있었다.

박현은 그가 처음 온 날 자리했던 바 테이블로 걸어가 손으로 가볍게 쓸어 만졌다.

몇몇 기억이 손바닥에서 만져졌다.

대부분 좋은 기억들이었다.

그래서일까, 박현의 입가에 희미하지만 미소가 지어졌다. 하지만 그 미소는 오래 가지 않고 비틀어졌다.

그때.

끼익— 덜컹.

문이 벌컥 열리며 사내 셋과 여인 하나가 안으로 들어왔다.

"사장 형님, 우리 위스키 좀 주쇼!"

"오빠, 시원한 콜라도."

그리고는 익숙하게 자리를 찾아가는 모습이었다.

"문 닫았다."

박현은 기억을 지우며 그들을 향해 목소리를 키웠다.

"뭐?"

"예?"

그 소리에 무리는 자리를 잡고 앉으려다가 박현을 쳐다보았다.

"문 밖에 클로즈 안내문 붙여둔 거 보지 못했나?"

"에이, 씨."

그중 한 사내가 슬쩍 짜증을 부렸다.

"사장 오빠는 어디 갔나요?"

"문 닫았다. 그러니 가라."

평소라면 어느 정도 친절하게 대했겠지만, 지금은 아니었다.

불쑥불쑥 튀어나오려는 살기를, 그나마 이성적으로 꾹꾹 누르고 있었다.

"야이, 듣자 하니 말이 좀 짧다. 어?"

짜증을 냈던 사내가, 그 화살을 박현에게로 돌렸다.

"좀 듣기 그러네."

함께 한 이들도 은근히 동조하고 나섰다.

"야야! 오빠도! 그만해."

그나마 여인이 사내들을 진정시켰다.

하지만.

"아니야, 비켜 봐."

짜증을 냈던 사내가 여인을 옆으로 밀치며 박현에게로 걸어갔다.

"야!"

그리고는 상당히 거친 목소리로 박현을 불렀다.

"마지막으로 말하지. 나가라."

허나 박현은 그런 그에게 시선조차 주지 않고 다시 바 테이블을 손바닥으로 쓸며 말을 툭 던졌다.

"뭐?"

사내는 황당하다는 듯 우악스럽게 한 걸음 더 다가섰다.

"판단은 각자의 몫이지."

박현은 눈빛이 차가워졌다.

"뭐라는 거야, 이 새끼가. 야!"

사내는 박현에게 바투 다가서 어깨를 움켜잡았다.

톡.

그때 박현의 손에서 노란 불꽃 한 송이가 바 테이블로 떨어졌다.

넓은 연못에 물 한 방울이 떨어져 잔잔한 파동이 만들어지듯, 노란 불꽃은 아름답다 여겨질 정도로 잔잔한 불꽃의 파동을 만들어냈다.

하지만 아름다움 속에는 광기에 가까운 파괴가 숨어 있었다.

화르르륵!

노란 불꽃이 만들어낸 파동이 지나간 자리는 검게 변해 버렸다.

재.

불길조차 제대로 피우지 못할 정도로 노란 불꽃은 주변을 집어삼키며 잿더미로 만들어나가고 있었다.

"어? 헉!"

갑작스러운 뜨거운 열기에 사내는 의아해하다가 노란 불꽃의 파동이 자신의 발에 닿자, 신발이 급격히 녹아내리는 것을 확인하며 재빨리 뒤로 물러났다.

하지만 이미 노란 불꽃은 신발을 삼키기 시작한 후였다.

사내는 다급히 신발을 벗어 옆으로 던졌다.

툭—

그렇게 두 번째 노란 불꽃이 피기 시작했다.

"히익!"

"어, 어서 피해!"

"……나, 나가자!"

사내 셋과 여인은 허겁지겁 스워드 바를 빠져나갔다.

화르르륵—

검은 잿더미로 변하는 스워드 바 중앙에 박현이 묵묵히 눈을 감은 채 서 있었다.

훅—

세상의 모든 것을 집어삼키기 전에는 꺼지지 않을 것만 같던 노란 불꽃이 순간 사그라졌다.

그리고 드러난 광경은 앙상하게 말라버린 검은 잿더미뿐이었다.

'이것으로.'

박현은 천천히 눈을 떴다.

서서히 떠지는 눈꺼풀 사이로 시퍼런 살기가 내뿜어지고 있었다.

'우리 사이에 남은 정은 끊어졌다.'

우르르— 콰곽!

기둥 하나가 쓰러지며 몇몇 인물들이 얼굴을 내밀었다.

"이게 무슨 일이래?"

"저기 누구 있는 거 같은데?"

"이봐! 괜찮아?"

박현은 모여든 구경꾼을 들을 흘깃 쳐다보았다.

"헉!"

"히끅!"

"꺽!"

박현의 시퍼런 살기가 그들에게 닿자, 누구 하나 예외 없이 얼굴에 핏기가 사라졌다.

그중 몇몇은 박현의 살기를 이겨내지 못하고 주저앉았다.

잠시 후, 그들의 목을 옥죄던 살기가 사라졌다.
그리고 박현도 그 자리에서 사라지고 없었다.

그 날.
암전의 또 다른 건물이 잿더미가 되어 사라졌다.

                    *   *   *

"용생구자가 한반도에서 빠져나갔습니다."
신구가 용왕 문무에게 보고를 올렸다.
"그리고 암전 내, 용생구자의 거처 두 곳이 전소되었습니다."
"박현이겠군."
"그렇사옵니다."
"그대가 책임지고 암전을 빠르게 접수해."
"예."
"암전이 흔들리면 이면이 흔들린다."
"잘 알고 있사옵니다."
항상 곁에 있던 신구를 암전의 책임자로 보낸 이유가, 그만큼 암전이 이면에서 매우 중요한 위치였기 때문이었다.

"그리고 신구."

"예, 폐하."

"우리는 삼족오와 용생구자의 싸움에서 철저하게 중립을 지킨다."

그 말에 신구가 의아한 눈으로 용왕 문무를 쳐다보았다.

"우리는 철저하게 이 땅만 지킨다. 삼족오가 설령 죽는다 하여도, 본신과 본궁은 이 땅과 이 땅의 백성을 지켜낼 것이다."

"……"

그 말에 신구는 곧바로 대답하지 않았다.

"이건 본신의 뜻이 아니다."

"하오면."

"박현, 그의 뜻이지."

"흠."

"그리고 숙고 끝에 그 뜻을 받아들이기로 하였다."

"명심하여 명을 따르겠사옵니다."

신구를 허리를 깊게 숙여 복명했다.

"단단히 중심을 잡아야 할 것이야. 이 땅 위에 태풍이 몰아칠 것이니. 그 태풍이 마음껏 몰아칠 수 있게 해줘야지."

용왕 문무는 조용히 주먹을 꽉 말아 쥐었다.

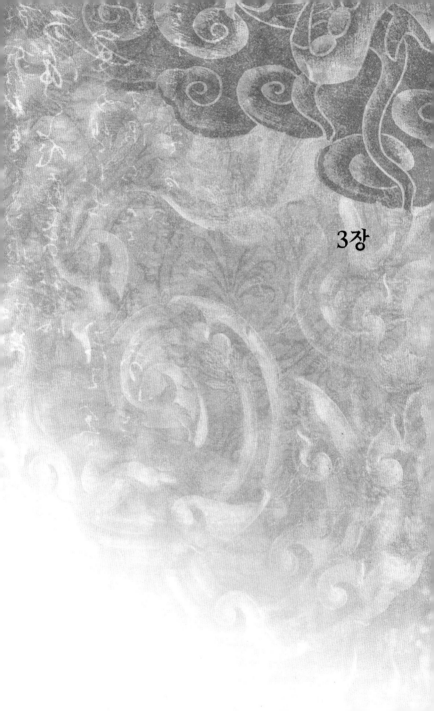

3장

용생구자.

그들의 영향력은 생각 이상으로 크다.

직접적인 영향력보다 동아시아 3국, 블랙마켓인 암전을 통한 간접적인 영향력이 매우 컸다.

물론 용왕 문무를 통해 한반도의 암전을 거뒀지만, 영향력이라는 것이 그리 쉽게 사라지지 않을 것이다.

짧게는 수개월, 길게는 수십 년은 이어질 것이 분명했다.

문제는 한반도의 암전뿐만이 아니었다.

일본.

야쿠자의 거목이자 현재 가장 큰 뿌리이며, 이면의 절반을 차지하고 있었다.

아니, 표면적 균형이야 절반일지 모르나, 그의 영향력을 생각하면 6대4, 아니 어쩌면 7대3일지도.

'일본을 잡아두고.'

박현은 생각은 중국으로 향했다.

중국의 힘은 크다.

영원할 것만 같은 중국의 지배자.

용들이 없다 하여도, 용생구자들은 충분히 그 자리를 차지하고 영향력을 행사할 수 있으리라.

'고립.'

고립을 시켜야겠군.

*　　　*　　　*

"불렀어야?"

서기원과 조완희가 박현을 찾아왔다.

"앞으로의 일을 상의 좀 하려고."

이제는 형제라고 해도 과언이 아닐 정도로 가깝기에 박현이 어떤 부분을 상의하려는지 둘은 잘 알고 있었다.

"기원아."

"말해야."

"네가 일본에서 야쿠자를 좀 이끌어줬으면 좋겠어."

"야쿠자를야?"

서기원이 눈을 살짝 크게 뜨며 물었다.

"현재 믿을 수 있으며, 용생구자의 폐안을 견제할 수 있는 이는 너뿐이다."

"하긴, 완희가 믿을 순 있어도 무력은 쪼매 좀 그렇긴 해야."

서기원은 조완희를 곁눈질로 쳐다보며 입술을 씰룩씰룩거렸다.

누가 봐도 웃음을 참는 행동이라는 것을 알겠는데, 문제는 그 모습이 너무나도 인위적이라는 것이었다.

마치 연극배우처럼 과장되게 웃으려 하고, 참으려 하는 모습이었다.

퍽!

그런 서기원의 옆구리에 조완희의 숏펀치가 팍 꽂혔다.

"꺽!"

서기원이 눈을 뒤집으며 비명을 삼켰다.

"웃자!"

조완희가 다시 주먹을 움켜쥐었다.

"웃고 싶으면 웃어야지."

퍼억!

그리고 한 발 더 꽂혔다.

"어억!"

서기원은 앞으로 고꾸라지며 박현을 향해 손을 뻗었다.

박현은 발을 슬쩍 틀어 허우적허우적거리는 서기원의 손을 가볍게 피했다.

콰당!

앞으로 엎어진 서기원은 높이뛰기 선수처럼 툭 튀어올랐다가 자리에 섰다.

"너무해야!"

그리고는 소리를 버럭 질렀다.

"그럼 일본은 서기원이 맡기로 하고. 완희 네게는 한반도를 부탁하마."

"내가?"

박현의 부탁에 조완희가 눈을 부릅떴다.

"용왕 문무에게도 부탁했지만, 그 홀로는 버거울 거다. 특히 검계나 북성 쪽과는 접점이 강하지 않아."

"그러니까 나에게 조율을 맡기겠다는 말이지?"

용궁, 검계, 북성.

그리고 삼족오인 박현까지.

조완희는 그 넷과 모두 인연이 닿아 있었다.

그렇기에 서로 협력하고, 조율하기에 조완희만큼 적임자
도 없었다.

"하지만 주도적으로 이끌어나가지는 못해."

"적당히 조율만 잘해 줘. 백택도, 계주도, 용왕도 어리석
은 이들이 아니니까."

"해보지."

박현이 고개를 끄덕였다.

이후, 세세한 당부와 소소한 잡담이 오갔다.

"음?"

"누가 왔어야."

그때 철문이 열리고 마당으로 한 사내가 들어섰다.

국정원 오성식 부장이었다.

그는 박현을 보자 허리를 꾸벅 숙였다.

"그간 안녕하셨습니까?"

"오랜만입니다. 어서 오세요."

박현은 그를 의자로 안내했다.

"어찌 지내셨습니까?"

"덕분에 차장으로 승진해서 이면 2파트를 맡고 있습니다."

"축하드립니다."

박현은 축하 인사를 건넸다.

"감사합니다."

오성식 부장, 아니 오성식 차장은 쑥스러운 듯 머리를 긁적였다.

"그런데 2파트라고 하셨나요?"

조완희가 고개를 갸웃거리며 물었다.

"아무래도 박현 님 외에 용궁도 있어, 내부 논의 끝에 파트를 둘로 나눴습니다. 덕분에 빠르게 승진할 수 있었습니다."

"그렇군요."

조완희는 이해하겠다는 고개를 끄덕였다.

"그래서 말입니다."

"……?"

"일단 1파트에서는 정보 교환을 원하는 눈치입니다."

오성식 차장은 박현의 눈치를 살폈다.

"교환을 하셔도 괜찮습니다. 적당히 친분도 유지하세요."

"그리하겠습니다."

오성식 차장은 무언가 생각하는 표정으로 고개를 끄덕였
다.

"그리고 본인이 오 부, 아니 오 차장님을 뵙자 한 건."

"……?"

"헝가리 쪽에 소식을 넣어보기 위함입니다."

"헝가리 말씀이십니까?"

오성식 차장은 의아한 목소리로 물었다.

"그곳의 신, 투룰을 만나려 합니다."

"일단 접촉을 해보도록 하겠습니다."

오성식 차장이 대답했다.

＊　　　＊　　　＊

프랑스.

세간에는 잘 알려지지 않은 어느 고성.

다섯 명의 남녀가 원형 테이블에 모여 티타임을 가지고
있었다.

"요즘 아시아가 시끄럽던데."

깐깐하게 생긴 금발의 사내가 찻잔을 내려놓으며 말문을
열었다.

"정확히는 동아시아지."

은발의 여인이 포크로 케이크를 콕 찍어 입으로 가져갔다.

"시끄럽다니 뭐니. 정확한 정보를 말해."

안경을 쓴 검은 머리의 사내가 찻잔을 들며 말했다.

"너는 뭐 아는 거 없어?"

푸른 눈동자의 사내가 붉은 머리의 여인에게 물었다.

"동아시아면 조류 놈이 관심이 많잖아."

푸른 눈동자의 사내가 붉은 머리 여인을 재촉했다.

"일본의 두 용이 죽었고."

붉은 머리의 여인의 말에 다들 움직임이 툭 멈췄다.

"또 중국의 다섯 마리의 용이 죽었어."

"……"

"……."

"……."

"……."

순간 내려앉은 침묵.

"네가 헛소리를 할 년도 아니고."

안경을 쓴 검은 머리 사내가 미간을 찌푸렸다.

"그냥 죽었을 리는 없고. 누구지?"

"삼족오."

"삼족…… 뭐?"

푸른 눈동자의 사내가 되물었다.

"세 발 달린 까마귀."

금발의 사내가 푸른 눈동자의 사내의 궁금증을 풀어주었다.

"까마귀?"

"고대 동아시아에서 용과 쌍벽을 이루던 신이야."

금발의 사내가 조금 더 부연을 덧붙였다.

"그래서?"

"그걸 왜 나에게 묻나?"

푸른 눈동자의 말에 금발의 사내는 붉은 머리의 여인을 쳐다보았다.

"글쎄. 알렉스가 재미난 일을 꾸미려는 것 같긴 해."

붉은 머리의 여인이 마카롱을 입으로 가져갔다.

"과거처럼 달콤하겠지?"

그리고는 씨익 웃었다.

＊　　　＊　　　＊

헝가리.

부다페스트 공항.

비행기에서 내린 박현이 내리자, 검은 양복을 입은 사내

셋이 그에게로 다가왔다.

"박현 님 되십니까?"

세 사내 중 나이가 지긋한 이가 다가와 정중히 인사했다.

"그렇소."

박현이 대답하자 젊은 요원이 다가와 박현의 가방을 대신 짊어졌다.

"그분께서 기다리고 계십니다. 저희가 안내하겠습니다."

박현은 그들을 따라 공항 귀빈석 전용 통로를 통해 공항을 빠져나갔다.

박현을 태운 차가 도착한 곳은 부다 왕궁이었다.

"어서 오게. 나의 형제여."

그곳에서 혼혈의 외형을 가진 사내, 투룰이 박현을 반갑게 맞이했다.

*   *   *

투룰을 처음 본 인상은 평범함 그 자체였다.

카키색 면티에 청바지.

길에서 흔히 볼 수 있는 그런 옷차림이었다.

서양인과 동양인의 생김새가 묘하게 섞인 투룰은 성큼 다가와 박현은 힘을 줘 끌어안았다.

"이렇게 만나게 돼서 반갑네."

등을 두어 번 툭툭 두들긴 후 투룰은 뒤로 물러나 박현의 손을 굳게 잡았다.

투룰의 인상과 태도는 마치 정겨운 옆집 아저씨를 떠올리게 했다.

인사를 나눈 후, 투룰은 박현을 곧장 궁 안으로 데리고 들어가지 않았다.

"좀 걷는 건 어떤가?"

"……."

"내 땅, 내 나라여서가 아니라 여기 풍광이 아주 괜찮다네. 특히 야경이 매우 아름답지."

투룰은 서서히 저녁노을을 만들어내는 하늘을 바라보며 말했다.

"가벼운 산책을 하고 나면 식사 준비가 끝나 있을 걸세."

그렇게 둘은 왕궁을 나와 산보를 즐기듯 느리게 걸음을 옮기며 이야기를 나눴다.

관광객이 제법 많았기에 민감한 이야기를 나누기는 어려웠다.

해서 그저 소소한 것들, 특별할 것 없는 이야기를 주고받았다.

그렇게 둘은 걸어 어느 성벽처럼 생긴 곳에 도착했다.

"어부의 요새라네. 이곳에서 보는 야경이 아주 끝내주지."

둘은 적당한 풍경이 보이는 성곽에 자리를 잡고 앉았다.

"큰아버지의 일은 유감이네."

"……?"

"그대의 아버지, 삼족오 말일세. 그리고 눈치를 챘겠지만 나 역시 그대처럼 돌아가신 아버지의 대를 이었고."

"아—."

그래서 그에게서 혼혈의 느낌이 났었구나 싶었다.

"……?"

투룰은 그런 박현을 빤히 쳐다보았다.

"자네는 아무것도 모르는 모양이군."

"그리 되었습니다."

박현은 씁쓸한 미소가 지어졌다.

"안순자, 그분이 아무런 말씀을 하지 않으셨던가?"

그 물음에 박현의 미소에 어린 씁쓸함이 더욱 짙어졌다.

"……."

표정의 변화에 투룰의 눈매가 굳어졌다.

"무슨 일이 있었구면. 어쩐지 그분이 아니라 외교 채널을 통해 연락이 오기에 이상하다 했는데."

투룰은 불길함을 느낀 것인지, 허벅지를 손바닥으로 툭 때리듯 얹으며 한숨을 내쉬었다.

"혹여 세상을 떠났는가?"

"……예."

"그렇구면."

투룰은 멍하니 하늘을 쳐다보았다.

"힘이 되어주지 못해 미안하네."

그렇게 한참 동안 침묵하던 투룰이 다시 입을 열었다.

"변명처럼 들릴지 모르나 솔직히 나의 백성들이 살아가는 이 땅을 지키는 것만으로도 버겁네."

투룰은 쓴웃음을 지었다.

"유럽은 용들이 지배하는 나라일세. 하지만 그 용이 그 용이 아니지."

"드래곤."

박현의 말에 투룰이 고개를 끄덕였다.

"뒤늦게 큰아버지의 일을 들은 아버지도 한동안 괴로워하셨지. 하지만 아무것도 할 수 없는 자신을 원망하셨었어."

"……."

"그래도 나는 아버지가 자랑스럽네. 그럼에도 꿋꿋하게 이 땅을 지켜냈고, 백성들이 뿌리를 내리게 해줄 수 있었으니까."

헝가리.

유럽 내에서 매우 특이한 나라이며 민족이었다.

다른 국가들과 달리 헝가리는 유일하게 아시아에서 건너온 민족이었으니까.

"아버지를 따라, 그저 아버지만 믿고 의지한 채 머나먼 이역, 이곳까지 따라온 백성들일세."

투룰은 박현을 지그시 바라보았다.

"그리고 아버지와 함께 살아남기 위해 처절하게 싸운 전우일세."

"흠."

"아버지와 나는 그런 백성들을 버릴 수 없네."

"……."

"내 미안한 마음이야 가득하지만, 미안하다는 말은 할 수 없네."

"이해합니다."

박현은 그의 진솔한 마음을 이해했다.

아마 자신도 같은 입장이었으면 그와 크게 다르지 않았을 것이 분명했다.

"훈(Hun)."

"……?"

"우리 백성들을 그리 부른다네."

"네."

"우리 백성의 기원이 흉노라고 하는 이도 있고, 칸이라고 하는 이도 있으며, 한(韓)이라고 하는 이들도 있지."

투룰은 박현을 바라보았다.

"아무렴 어떤가? 자네의 부친은 그 모두의 신이었고, 자네의 민족인 한(韓)족은 그중에 장자가 아닌가."

투룰은 박현의 어깨를 툭 치며 자리에서 일어났다.

"이만 돌아가 식사나 할까?"

둘은 어느새 어둑해진 밤거리를 걸어 왕궁으로 돌아왔다.

저녁은 빵과 붉은 스튜로 소박한 차림이었다.

거기에 붉은 와인이 곁들여졌다.

서양식 식사가 낯선 박현의 입장으로는 오히려 편한 식사가 되었다.

"음?"

스튜를 크게 한 입 먹은 박현은 눈을 살짝 동그랗게 떴다.

"굴라쉬라는 음식일세."

"맛있군요."

"나름 익숙하기도 하지?"

빙그레 웃는 투룰을 보며 박현은 고개를 끄덕였다.

그도 그럴 것이 굴라쉬라는 음식의 맛이 익숙하면서도 낯설었다.

굳이 음식 맛을 비교하자면, 서양 맛이 듬뿍 들어간 육개장 같다고나 할까? 그리고 생각지도 못한 칼칼한 맛이 있어 제법 입에 잘 맞았다.

"고향을 떠나도 그 맛을 잊을 수 없는 법이지."

투룰은 빵을 찢어 스튜에 찍어 먹었다.

"아마 입에 맞는 음식들이 많을 걸세."

그렇게 만족스러운 식사가 끝나고.

"단순히 친분을 쌓기 위해 온 건 아닐 터이고."

자리를 옮긴 투룰은 디저트 와인인 토카이 와인을 박현의 잔에 채우며 물었다.

"동아시아의 사정은 아시는지요?"

"대충은."

"그러면 말씀을 드리기에 편하겠군요."

박현은 달달한 토카이 와인으로 입을 가신 후 말을 이어갔다.

"잠깐."

투룰은 박현의 말을 잠시 끊었다.

"미리 말하지만 내가 할 수 있는 것만 도와줄 수 있다."

야속했지만, 어차피 큰 도움까지 기대하지 않았다.

설령 가족이라고 해도 떨어져 살면 남보다 못할 수도 있다.

더욱이 같은 피가, 가까운 피가 흐른다 하여도 이제 처음 만난 이였다.

게다가 자신도 아버지 삼족오의 피를 이은 2세였고, 눈앞의 투룰도 아버지와의 인연이 없는 2세가 아닌가.

"그 정도면 됩니다."

투룰은 흔쾌히 답을 주는 박현을 지그시 바라보았다.

"내가 원망스럽지는 않고?"

"전혀."

"……."

"각자의 사정이 있는 법이지요. 제아무리 같은 피가 흐른다 해도 각자의 삶이 있으니."

투룰은 고개를 끄덕이며 와인잔을 입으로 가져갔다.

"그래, 내가 해줬으면 하는 게 무엇인가?"

"유럽을 다스리는 다섯 마리의 드래곤. 그들을 만나고 싶습니다."

"드래곤들을?"

투룰의 미간이 절로 좁혀졌다.

유럽은 다섯의 황제가 살아가는 제국이며, 헝가리는 공국, 투룰은 공왕에 가까운 입장이었다. 독립은 보장되어 있으나 그들의 짙은 영향력 아래 있다 보니 그러했다.

"불편하십니까?"

"불편하지 않다 하면 거짓이겠지."

투룰은 입맛을 쓰게 다시며 와인잔을 내려놓았다.

"그리하지. 내 언질을 넣어보겠네."

"감사합니다."

"그런데, 자네의 위치라면 유럽의 드래곤이 아니라 북아메리카의 피닉스를 먼저 만나야 하는 게 아닌가?"

투룰이 의아하게 물었다.

"글쎄요. 아마 다른 이가 제 대신 그 역할을 하고 있을지 모르겠군요."

"……?"

              *   *   *

용궁 대전.

용왕 문무는 용상에 앉아 자신에게 어색하지만 자연스럽

게 허리를 인사하는 백인을 내려다보았다.

"그간 강녕하셨사옵니까?"

"한국말이 많이 늘었군."

용왕 문무의 말에 백인이 허리를 펴며 씨익 웃었다.

"그래, 무슨 일로 본신을 찾은 것인가?"

"불사조께서 서신을 보냈습니다."

불사조, 피닉스.

그리고 흰머리독수리.

백인이 품에서 서신 한 장을 꺼내 공손히 내밀었다.

용왕 문무는 기운을 흘려 그 서신을 끌어당겼다.

*　　　*　　　*

"삼족오가 투룰을 통해 우리와 만나보고 싶다 했다고?"

붉은 머리의 여인.

영국에 레어를 둔, 레드 드래곤이 거만한 눈으로 소식을
전해온 이를 내려다보고 있었다.

"그러하옵니다."

레드 드래곤은 부채로 턱을 톡톡 두들겼다.

그녀는 묘한 웃음을 그려냈다.

"내 날을 잡아 연락을 넣도록 하겠다."

레드 드래곤의 허락에 연락을 가져온 이는 고개를 숙인 뒤 뒷걸음으로 물러났다.

"삼족오라……, 호호호."

레드 드래곤은 눈웃음을 지으며 부채를 활짝 펼쳤다.

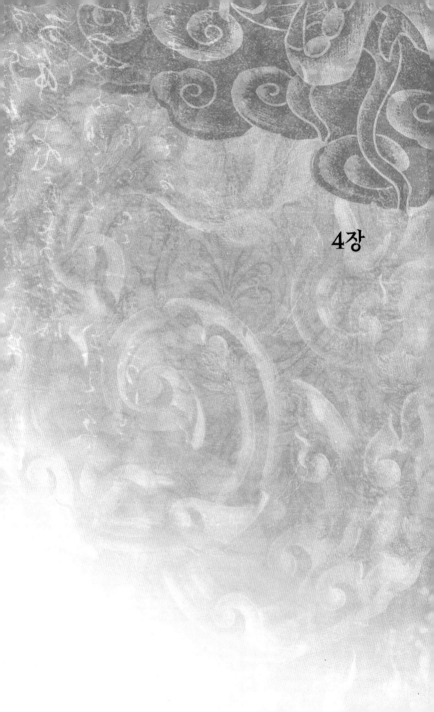

4장

"턱 드세요. 허리를 좀 더 펴시구요."

지휘봉 같은 얇은 막대기가 박현의 가슴을 당기고 허리를 밀어 넣었다.

"절대 식사하실 때 몸을 굽혀서는 안 됩니다."

다른 것은 몰라도 식사 예절은 끔찍하다고 여겨질 만큼 답답했다.

사각!

나이프가 접시를 아주 미세하게 긁자.

팅—

얇은 막대기가 접시를 가볍게 때렸다.

"절대 나이프나 포크로 소리를 내어서는 안 됩니다."

"이 정도 소리도 없이 어떻게 고기를 자릅니까?"

"하지만 하셔야 합니다."

집사는 단호하게 말했다.

"휴우—."

결국 박현은 한숨을 내쉬었다.

"답답하십니까?"

"진짜 이 정도까지 해야 하는지 모르겠군요."

집사는 그런 박현을 지그시 내려보다 지휘봉을 잠시 허리 뒤로 거둬들였다.

"음……, 뭐라고 설명을 해드려야 할까요. 한국에 '왕따'라는 것이 있지요? 잘 알려진 건 일본의 '이지메'이구요."

박현은 고개를 끄덕였다.

"참으로 유치한 행동이지요. 그런데 말입니다."

집사는 무미건조한 눈빛으로 박현을 바라보았다.

"그게 세상사입니다. 귀족이라고 해서 다를 것 없고, 신이라고 해서 다를 것이 없지요."

"……?"

"아니 가진 힘이 클수록, 가진 것이 많을수록, 더 유치해지는 법이지요."

"단순히 예의 때문만이 아니었군."

"그런 이들의 시선이 집중된 자리에서는, 평소에는 그들끼리는 용인되는 사소한 것들도 문제가 될 수 있습니다."

"이것 참."

박현은 쓴웃음을 지었다.

"박현 님."

집사가 박현을 불렀다.

"그들은 편협합니다."

그 말에 박현의 미간이 찌푸려졌다.

"자신들의 시야와 사고, 경험만이 절대적 기준이지요. 다른 생각, 다른 문화 등에 대한 이해는 그들에게 존재하지 않습니다."

"흠."

"왜 그런지 아십니까?"

집사가 물었다.

"그럴 필요가 없으니까. 안 그렇습니까?"

박현의 답에 집사가 희미하나마 미소를 지어 보였다.

"투룰께서 과할 정도로 편하게 옷을 입고, 식사를 하시고, 사람들과 어울리는 이유이기도 하지요."

"그만큼 힘든 자리가 되겠군요."

"힘들다기보다는 괴로운 자리가 될 것입니다."

집사의 얼굴에 언뜻 울분이 피어났다가 사라졌다.

다섯 마리의 용, 아니 드래곤들이 어떤 이들인지 대략 파악되었다.

지독하게 오만적이고 고고한 자아를 가졌으리라.

'재미있겠군.'

박현의 입술이 살짝 비틀어졌다.

집사가 알려준 서양 귀족들의 예의는 상당히 광범위했다.

서양에서 살아온 것도, 살아갈 것도 아니기에 그 모든 것을 익힐 생각은 없었다.

박현은 집사의 도움으로 최대한 빨리, 속성으로 기본적인 예의를 익혀나갔다.

일주일 후.

박현은 궁녀의 도움을 받아 정장을 갖춰 입었다.

넥타이가 좀 답답했지만, 자신의 몸에 맞춘 수제 맞춤정장이어서 그런지 큰 불편함은 없었다.

"준비는 끝났는가?"

투룰 역시 격식을 갖춘 정장을 입고 있었다.

"같이 가시는 겁니까?"

박현의 물음에 투룰이 고개를 끄덕였다.

"자네 혼자 보내기에는 마음이 편치 않아서 말이지."

"그들을 만나는 걸 별로 안 좋아하시는 거 아니었습니까?"

"지금도 이 옷을 벗어버리고 싶은 심정이야."

투룰은 반쯤 장난스럽게 짜증을 부렸다.

"그들을 만나서 즐거웠던 적이 한 번도 없거든. 즐겁기는커녕 무난한 적도 없었어."

하지만 반은 진심이었기에 투룰의 눈가는 자연스럽게 찌푸려졌다.

"편치 않으면 저 혼자 가도 됩니다."

박현의 말에 투룰의 입가에 쓴웃음이 지어졌다.

"순간 그럴까? 싶었군. 하지만 나를 너무 못난 형제로 보지 말게나. 내 해줄 수 있는 게 별로 없는 보잘것없는 형제지만, 그렇다고 해서 못난 형제는 아닐세."

투룰은 박현에게로 다가와 어깨를 꾹 잡았다.

"가세나."

투룰은 박현을 이끌고 구석진 어느 방으로 향했다.

방에서 또 교묘하게 가려진 문을 통해 지하로 내려갔다.

그곳에는 두 명의 사내가 자신들을 기다리고 있었다.

"자네는 처음 보지? 궁정 수석마법사라네."

"푸스카스입니다."

그는 허리를 숙여 인사했다.

"박현입니다."

무미건조한 인사가 오갔다.

"무미건조한 이들 같으니라고. 껄껄껄."

둘의 인사에 투룰이 재미있다는 듯 웃음을 터트렸다.

그러거나 말거나.

"준비는 끝났습니다."

푸스카스 궁정 수석마법사는 역시나 무미건조하게 투룰과 박현을 푸른빛이 은은하게 도는 마법진 중앙으로 안내했다.

"워프게이트 진입니다. 영국 런던 외곽에 위치한 레드드래곤의 레어이자 그녀가 머무는 고궁으로 연결되어 있습니다."

푸스카스 수석마법사는 혹여나 박현이 불편해할까 봐 부연설명을 덧붙였다.

"말투만 고치면 참 좋을 텐데. 안 그런가?"

투룰은 뒤로 물러나는 푸스카스 수석마법사를 보며 박현에게 의견을 물었다.

친분이 있는 것도 아니고 처음 본 이에 대해 왈가불가할 일이 아니기에 박현은 가볍게 어깨만 으쓱할 뿐이었다.

"하긴 자네도 별반 다르지 않지. 참 재미없는 이들이로군."

애써 장난기를 드러내는 투룰이었다.

그리고 푸스카스 수석마법사는 가뿐히 그를 무시하며 마법진을 활성화시켰다.

"개진하겠습니다."

"어이, 푸스카⋯⋯."

투룰이 푸스카스 수석마법사를 부르는 와중에 워프게이트 진의 마나가 둘의 몸을 휘감았다.

마나가 몸을 감싸자, 몸이 붕 뜨며 균형 감각이 흐트러졌다.

기분이 좋다 할 수 없는 느낌에 박현이 미간을 찌푸렸다.

그에 비해, 눈이 매우 부실 거라 여긴 것과 달리 조금 밝다 느낄 뿐 눈이 아프거나 따갑지 않았다.

어쨌든 환한 푸른 빛이 밝게 빛났다가 사그라지며 흐트러진 균형 감각도 서서히 제자리를 찾아갔다.

그리고 빛의 커튼이 걷히고, 비슷하면서도 낯선 풍경이 눈에 들어왔다.

"오셨습니까?"

신사용 지팡이를 손에 든 중년인이 투룰을 향해 고개를 살짝 숙였다.

그의 인사에 투룰도 형식적으로 눈을 맞춰 인사를 받아주었다.

"이분이십니까?"

중년 마법사는 호기심 어린 눈으로 박현을 쳐다보았다.

조금은 노골적인 눈빛이 상당히 심기를 건드렸다.

"레드 양은?"

"여왕 폐하라 불러주십시오."

양반집 종놈이 위세를 부린다고, 그의 행동이나 말투는 상당히 거만했다.

"안내하라."

투룰은 그 말을 무시하며 명했다.

하지만 그 중년 마법사는 그 말을 무시하며 투룰을 빤히 쳐다보았다.

노골적인 반발.

"휴."

그에 투룰의 표정도 서서히 굳어져 갔다가, 결국 한숨을 내쉴 때였다.

쿵!

엄청난 기운이 중년 마법사를 찍어 눌렀다.

쿵

갑작스럽게 들이닥친 기운을 버티지 못하고 중년 마법사는 엎어지듯 바닥에 무릎을 꿇었다.

"꺼억—."

그리고는 손으로 목을 더듬으며 괴로워했다.

"……!"

투룰이 눈을 부릅뜨며 고개를 뒤로 돌렸다.

박현은 순간 당황해하는 투룰을 향해 씨익 웃은 뒤 어깨를 툭 치며 앞으로 걸어 나갔다.

"끄으으—."

고통에 핏발이 선 눈으로 중년 마법사가 박현을 올려다보았다.

박현은 그의 가슴을 발로 툭 밀어 넘어트렸다.

"이, 이러고도 무사……."

협박 아닌 협박에 박현은 피식 조소를 머금으며 그의 가슴을 발로 지그시 밟아 눌렀다.

"지금 본인을 걱정하는 건가?"

툭툭— 툭!

중년 마법사는 주먹과 손으로 박현의 발을 치고 밀며, 박현의 발에서 벗어나기 위해 발버둥을 쳤다.

"본인은 곧 죽어도 이상하지 않은 그대가 참 걱정인데."

"이익!"

그에 중년 마법사는 지팡이를 움켜잡았다.

후아아악!

그러자 나름 강렬한 마나가 지팡이를 중심으로 모이기 시작했다.

펑!

하지만 박현이 지팡이를 슬쩍 쳐다보자, 급격히 모이던 마나가 터져 연기처럼 사라졌다.

"……!"

박현은 눈을 부릅뜨는 중년 마법사를 향해 하얀 이를 드러냈다.

그리고는 발에 힘을 실었다.

우득—

그의 갈비뼈에서 미세한 파음이 만들어지기 시작했다.

"안 그런가?"

"꺼억!"

그의 눈이 뒤집히려 할 때쯤.

"그만 자비를 베푸심이 어떠신지요?"

낯선 목소리에 박현은 시선을 옮겼다.

그곳에는 흰수염이 가득한 노인이 서 있었다.

"누구?"

박현이 물었다.

"멀린 마탑을 맡고 있는 앤드류라고 합니다."

멀린 마탑.

영국을 대표하며, 그 힘을 지탱해주는 전통 마탑이었다.

콰직!

박현은 중년 마법사의 가슴을 완전히 으깨버렸다.

"끄악!"

중년 마법사의 단말마를 뒤로 하며 그를 향해 걸어가 멈춰섰다.

"반갑군."

박현이 악수를 청했다.

앤드류 마탑주는 별다른 표정의 변화 없이 손을 맞잡았다.

하지만.

"윽!"

손에서 느껴지는 우악스러운 손아귀 힘에 눈가가 뒤틀렸다.

그럼에도 어떤 감정을 내비치지 않았다.

"훗!"

박현은 그 모습에 손에 힘을 풀며 그의 어깨를 툭 쳤다.

"모든 인간들이 그대와 같으면 얼마나 좋을까."

마지막 말에 앤드류 마탑주의 얼굴이 슬쩍 굳어졌다.

"그럼 안내해주겠나? 그대들의 여왕 폐하이신 레드 양께."

박현은 씨익 웃음을 드러냈다.

*　　　*　　　*

"공작 각하."

멀린[1] 마탑의 수장, 앤드류는 영국 왕실 공작이었다.

물론 외부에 알려지지도 않았고, 세습직은 아니었으며, 왕실 승계권도 없었다. 하지만 그가 가진 공권력은 영국 내에서도 수위를 다툴 정도로 컸다.

물론 그 힘의 원천은 바로 마탑이었다.

그 광경을 지켜보고 있던 런던 지부 수석마법사, 제레미가 다가왔다.

"건방진 칭크(Chink)[2] 놈이!"

그는 마탑의 수장, 앤드류가 있었기에 나서지 않았을 뿐, 무섭게 분노하고 있었다.

"……."

앤드류 탑주는 말없이 박현이 사라진 곳을 응시하고 있었다.

"여왕 폐하가 신경이 쓰이신다면 제가 말씀을 올리겠습니다."

"쯧."

이어진 제레미 수석마법사의 말에 앤드류 탑주가 나직하게 혀를 찼다.

"고, 공작 각하."

앤드류 탑주가 언짢음을 내비치자, 제레미 수석마법사는 당황했다.

"네가 왜 지부장이 되지 못하는지, 그 이유를 알겠구나."

앤드류 탑주는 고개를 돌려 허리를 숙였다.

"제가 사과를 올리겠습니다."

"헙!"

앤드류 탑주를 따라 고개를 돌렸던 제레미 수석마법사는 짐승의 것처럼 번들거리는 황금빛 안광에 헛바람을 들이켰다.

박현.

그가 어느새 어둠 속에 서 있었기 때문이었다.

"초대받은 입장에 손에 많은 피를 묻히는 건 예의에 어긋나는 것이겠지?"

"그저 감사할 따름입니다."

"감사는 무슨."

박현은 자신을 찾아 헐레벌떡 뛰어오는 궁녀를 향해 다시 걸음을 옮겼다.

"에잉!"

그가 떠나고, 앤드류 탑주는 제레미 수석마법사를 향해 다시 언짢은 소리를 내뱉으며 사라졌다.

*　　　*　　　*

"이곳은 지지 않는 태양이 머무는 궁입니다."

궁녀는 박현 앞에 서서 고압적으로 마치 꾸짖듯 말했다.

"이곳이 어떤 곳인지 자각은 하고 계신 겁니까?"

주근깨가 까맣게 박힌 궁녀는 급기야 팔짱까지 끼며 틱틱거렸다.

"아무리 예를 배우지 못했다고 해도."

박현은 그런 모습에 피식 웃음이 흘러나왔다.

하지만 흘러나온 건 웃음뿐, 눈빛은 얼음장 그 자체였다.

"상식적으로 이런 곳에서 함부로 움직이시면 아, 아, 안⋯⋯."

박현은 궁녀에게로 다가가 손가락으로 이마를 가볍게 긁으며 뺨으로 내렸다.

"어떤 생각을 가지고 살면 그런 말을 함부로 내뱉을 수 있는 것인지. 이 안에 무엇이 들었는지 참 궁금해."

"히끅, 끅."

궁녀가 눈을 파르르 떨며 딸꾹질을 내뱉었다.

"한번 열어보고 싶군."

박현이 입꼬리를 말아 올렸다.

"히익!"

박현이 쏘아낸 은은한 살기에 궁녀는 뒷걸음치다 땅바닥에 주저앉았다.

박현은 그런 그녀의 이마에 가볍게 기운을 쏘았다.

딱!

가벼운 꿀밤 정도였지만, 받아들인 그녀는 아닌 모양이었다.

"꺄악!"

궁녀는 비명을 지르며 그대로 기절하고 말았다.

"이곳은 참으로 재미난 곳이군요."

박현은 고개를 돌려 투룰을 바라보며 진한 웃음을 드러냈다.

'……!'

박현을 보는 투룰의 눈은 복잡했다.

처음에는 너무 놀라 화등잔처럼 부릅떠졌다가, 걱정에

눈매가 가늘어졌다가, 통쾌함에 호선이 그려졌다.

그러다가 다가올 걱정에 눈살이 찌푸려졌다.

"가시죠."

그런 마음을 아는지 모르는지, 박현은 성큼성큼 발을 뗐다.

"휴우ㅡ."

투룰은 무거운 마음에 한숨을 내쉬며 주먹을 꾹 말아쥐었다.

굴욕은 어쩔 수 없다 하여도.

'지킨다. 목숨만은.'

투룰은 박현의 뒷모습을 잠시 바라보며 그를 따라 걸음을 옮겼다.

처음 온 곳이지만, 마치 방문을 했던 경험이 있는 것처럼 박현의 발걸음은 거침이 없었다.

"자네 길은 알고 가는 것인가?"

투룰이 박현의 걸음을 따라잡으며 물었다.

"모릅니다."

"모르는데……."

"훌륭한 안내가 있지 않습니까?"

안내자는 없었다.

그런데 훌륭한 안내자라니.

"……?"

투룰은 의아한 눈으로 박현을 쳐다보았다.

"레드."

"……?"

"그녀의 기운을 찾아가면 되는 거 아닙니까?"

그 말이 틀리지 않았기에 투룰은 피식 쓴웃음을 지었다.

그렇게 한참을 걸어.

둘은 육중해 보이는 나무 문 앞에 섰다.

궁녀로 보이는 몇몇이 박현과 투룰을 흘깃 쳐다보았다.

손님은 분명한데, 그를 안내하는 이가 없었기 때문이었다.

그래서일까.

집사 한 명이 그들에게로 다가왔다.

"어디서 오셨……."

집사가 정중하게 묻는데.

박현은 굳게 닫힌 나무 문을 활짝 열어젖혔다.

끼이익— 쿵!

클래식하면서도 화려하게 꾸며진 방 안에 붉은 머리를 한 여인이 앉아 있었다.

"누구?"

레드의 짧은 물음.

"박현."

박현은 짧은 물음만큼 짧게 대답하며 그녀 앞에 놓인 소파로 걸어가 털썩 주저앉았다.

딱!

그리고는 어벙벙하게 서 있는 집사를 향해 손가락을 튕겼다.

"물."

그에 더욱 당황한 집사는 박현과 레드를 번갈아 쳐다보며 어쩔 줄 몰라 했다.

"가져다줘."

"예, 폐하."

레드가 명하자 집사는 재빨리 방을 빠져나갔다.

"예의가 없나? 아님 천성이 천박하나?"

레드가 우아하게 찻잔을 내려놓으며 물었다.

"원래 안하무도한가? 아니면 천성이 천박한가?"

박현은 레드의 말을 인용해 비아냥거렸다.

"뭣이라?"

"말이 좀 짧군."

"……."

박현의 직설적인 말에 레드의 미간이 찌푸려졌다.

"오는 게 고와야 가는 게 고운 법이야. 그런 건 못 배운 모양이지?"

박현은 레드를 지그시 직시하며 말했다.

"그래서?"

"뭐가 그래서야? 그렇다는 거지."

약간의 입씨름이 오갈 때 집사가 은쟁반에 물을 떠 왔다.

하지만 좋지 않은 분위기에 집사는 다가오지도 못하고 어쩔 줄 몰라 하고 있었다.

팅—

그에 박현은 기운을 실어 염력으로 물 잔을 끌어당겼다.

시원하게 물을 반쯤 마신 박현은 물 잔을 협탁에 내려놓았다.

레드는 그런 박현을 고개를 살짝 옆으로 꺾으며 지그시 바라보았다.

"흠."

그리고는 묘한 콧소리를 냈다.

"그리고 레드."

"……양."

"……?"

"레드 양. 호칭은 똑바로 써주세요."

레드가 반어가 아닌 존대로 말했다.

"그래, 레드 양."

"네."

"아랫사람들 관리 좀 잘해야 할 것 같더군요."

"무슨 기분 나쁜 일이라도 있으셨나요?"

"서양에도 이런 말이 있는지 모르겠는데. 양반집 하인이 위세를 부린다고."

"……?"

"미안미안. 흠—."

박현은 턱을 쓰다듬으며 단어를 고쳤다.

"귀족가 하녀가 위세를 부린다, 라고 하면 이해하시려는지."

그리고는 씨익 웃으며 말을 이었다.

"초면인 자리인지라 피는 안 봤습니다.

그 말에 레드가 박현의 미소를 따라 싱긋 웃음을 지었다.

그리고는 손가락으로 집사를 불렀다.

"손님에게 무례를 범한 년이 누군지 찾아내."

"예, 폐하."

"그리고 손님 드실 다과도 내오고."

집사는 두려움을 감추지 못한 채 방을 빠져나갔다.

"오랜만이야."

그제야 레드는 투룰을 바라보며 알은체했다.

투룰은 조용히 고개를 숙여 인사했다.

"그대도 앉아."

투룰은 빈 의자를 찾아 자리를 잡았다.

하지만 레드는 그런 투룰에게는 관심조차 쏟지 않았다. 다시 박현을 지그시 바라보았다.

"그래 나를 보자 했다구요?"

"홍콩."

"⋯⋯?"

"다시 가지고 싶지 않나요?"

박현의 말에 레드의 눈빛이 반짝였다.

*용어

1) 멀린: Merlin, 영국, 브리튼의 영웅 아서왕의 신화에 등장하는 대마법사. 본명은 머르딘(Myrddin)이나 아서왕의 전설에 편입되며 이름이 바뀌었다. 또한 아서왕의 전설에서 그의 손길이 닿지 않는 곳이 없을 정도로 비중이 매우 크다. 하지만 아서 왕과는 관련이 없는 인물이며, 훗날 아서왕의 신화가 새로이 편집될 때 편입되었다.

2) 칭크(Chink): 원래는 중국인을 지칭하는 멸시가 담긴 모멸어이다. 하지만 동아시아에 대해 개념을 가지지 못한 서구에서는 모든 아시아인들을 향해 쓰고 있다.

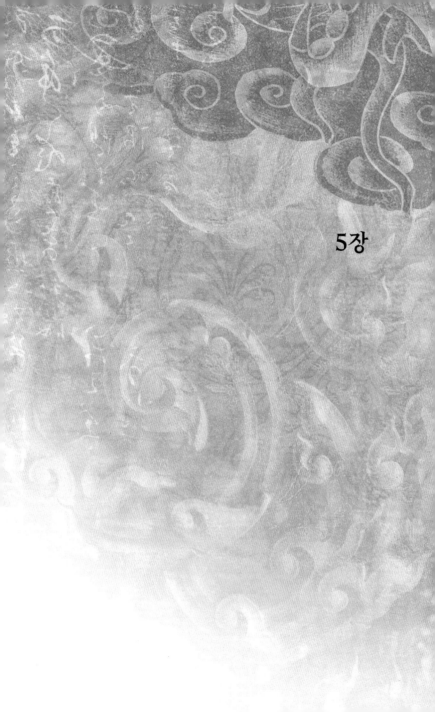

5장

'홍콩.'

묘한 매력을 가진 이름이자, 땅이었다.

아련한, 그저 자신의 손을 떠난…….

레드는 부채로 턱을 괴며 박현을 쳐다보았다.

'홍콩'이란 단어만큼 묘한 느낌을 풍겼다.

사실 그녀는 박현의 행동을 모두 알고 있었다.

정확히는 느꼈다.

이 성 안에서 자신의 기운이 닿지 않는 곳이 없으니.

'달라.'

레드는 투룰을 흘깃 쳐다보았다.

힘의 차이를 느끼고, 자신의 위치를 찾아간 후 허리를 숙인 투룰과는 달랐다.

그의 행동은 거침이 없었다.

예의?

예절?

공손?

그런 건 힘없는 자들의 것이었지, 자신들처럼 절대좌에 앉아있는 이들에게는 무관한 것일 뿐이었다.

그건 자연스러운 것이었다.

마치 숨을 쉬는 것처럼.

박현은 그런 위엄을 가지고 있었다.

그러나 그런 기운을 보여줬다고 해서, 마냥 받아줄 수는 없는 노릇.

함께 어울릴 수 있는 자인지 알아봐야 했다.

최소한 자신들과 비견될 수 있는 힘을 가지고 있어야 한다는 말이었다.

'그건 꼭 내가 아니어도 되지.'

왜, 구경 중 가장 재미있는 게 싸움 구경이라 하지 않았던가.

레드의 눈이 반달처럼 휘어졌다.

어차피 자신을 대신해 증명해줄 이는 넷이나 있었으니까.

아니 드래곤답지 않은 옐로우를 빼면 셋이나 있었으니.

그리고 그 전에.

'홍콩이라.'

"그대가 준다고 해서 줄 수는 있나요?"

"그걸 왜 본인이 줘야 하나요?"

"······?"

레드는 눈을 껌뻑이며 박현을 쳐다보았다.

"······."

그 시선에 의미를 알 수 없다는 듯 박현도 의아한 눈으로
레드를 쳐다보았다.

"조금 전에."

레드의 목소리가 착 가라앉았다.

"아―, 아."

박현은 그제야 알겠다는 듯 고개를 끄덕였다.

"레드 양."

박현이 눈썹이 위로 휘어지는 레드를 불렀다.

"말해."

"이거 참, 또 말이 짧아지네."

"……."

"그냥 우리 편히 말할까?"

"닥치고, 말해."

레드의 날 선 목소리에 박현이 어깨를 으쓱 들어올렸다.

"그냥 궁금해서 묻는 건데. 레드, 그대는 다른 누군가가 주면 '감사합니다.' 하고 받나?"

박현의 말에 레드의 눈썹이 꿈틀거렸다.

"가지고 싶으면 가지는 것이지, 가지고 싶은 걸 준다고 그냥 받는다고?"

박현이 입꼬리를 말아올렸다.

"그대는 진짜 드래곤이 맞기는 한가?"

비아냥에 레드의 눈썹이 파르르 떨렸다.

"픕!"

그러더니 짧은 웃음이 터졌다.

"호호호! 호호호호호!"

갑자기 미친년처럼 마구 웃기 시작했다.

"후우―, 좋아."

한참을 웃은 그녀는 손으로 머리카락을 스윽 훑어 정리하며 박현을 쳐다보았다.

"그대의 장난은 웃겼어. 그러니 왜 그 말을 했는지 이제 대답을 해줘야겠어."

레드가 차갑게 눈을 떴다.

"별 건 아니야."

"……."

레드의 눈이 가늘어졌다.

"그대는 홍콩을, 본인은 용생구자의 목을."

"흠."

"각자 필요한 걸 가지면 어떨까 제안을 하는 거지."

탁—

레드는 부채로 자신의 턱을 톡톡 두들겼다.

"재미난 이야기로군."

레드는 손바닥으로 부채를 탁 잡은 뒤 협탁에 내려놓았다.

"재미난 이야기는 친구들이 마저 오면 하고, 차나 한 잔 하지."

레드는 집사를 불러 다시 다과상을 내왔다.

＊　　　＊　　　＊

통유리 사이로 밝은 햇살이 내리쬐는 실내 수영장.

쏴아아아— 쏴아아아—

금발의 사내, 피닉스가 한 마리 인어처럼 물길을 가르고 있었다.

"후우—."

수영장 레인 끝에 다다른 피닉스는 깊게 잠영을 한 후 물 위로 나왔다.

화르르륵—

밖으로 나온 피닉스의 몸에서 짙은 수증기가 피어나더니 이내 그의 몸은 뽀송뽀송하게 말라 있었다.

"은퇴한 거 아니었나?"

피닉스는 주스 잔을 들어 오렌지 주스를 한 모금 마시며 백발의 사내에게 손을 들어 알은 체했다.

그는 일루미나티[1]의 수장 게리 로스차일드였다.

"오랜만에 뵙습니다."

게리 로스차일드는 정중하게 인사를 건넸다.

"노구를 이끌고 직접 어인 행차신가?"

피닉스는 간이 의자로 그를 안내했다.

"특이한 사안이 있어 찾아뵈었습니다."

"특이한 사안?"

피닉스의 반문에 게리 로스차일드가 손가락을 튕겼다.

입구 쪽에 조용히 서 있던 좀 더 젊은 사내가 다가와 허리를 숙였다.

"CIA SP국을 맡고 있는 제임스 밀러라고 합니다."

"SP면?"

"supernatural powers(초능력)입니다."

피닉스의 물음에 게리 로스차일드가 대신 대답해줬다.

"그래. 그래서?"

피닉스는 고개를 끄덕이며 다시 물었다.

"영국 쪽이 분주합니다."

"영국?"

피닉스가 관심을 보이며 반쯤 누워 있던 몸을 일으켰다.

"파악한 바에 의하면 투룰이 영국에 들어선 것으로 보입니다."

"투룰?"

"헝가리의 까마귀입니다."

"아! 그 녀석?"

기억난다는 듯 피닉스가 고개를 끄덕였다.

"그에 맞춰 드래곤들이 영국으로 집결하고 있습니다."

"이렇게 와서 보고를 하는 걸 보면 단순한 모임은 아닌 모양이지?"

피닉스의 물음에 SP국의 제임스 밀러가 고개를 끄덕였다.

"투룰과 함께 동행한 이가 있다 합니다."

"그런데?"

"아직 확인하지 못했지만, 한반도의 삼족오로 의심되고

있습니다."

"새롭게 떠오른 동아시아의 신성?"

"예."

보고가 끝나자 게리 로스차일드가 손짓으로 그를 물렸다.

"중국이군."

피닉스가 미간을 굳혔다.

"그리 보입니다."

"이것들 봐라."

피닉스가 피식 웃음을 터트렸다.

＊　　　＊　　　＊

촛불로 가득 찬 다이닝 룸.

챙 챙 챙—

호스트인 레드가 포크로 물잔을 가볍게 두들겼다.

"다들 인사해. 오늘의 게스트, 박현."

"바르 켜……, 뭐?"

블루가 이름을 불렀지만, 혀가 꼬였다.

"어렵군."

그리고는 투덜거렸다.

"박, 현."

박현은 한 글자씩 끊어 자신의 이름을 다시 불러주었다.

"편한 이름 하나 새로 만들지."

다시 따라 할 생각이 없는 듯 블루가 눈가를 찌푸렸다.

"멍청이가 아닌 이상에야 익숙해지면 부를 수 있어."

블루가 눈을 부릅뜨며 박현을 쳐다보았다.

"그러니 불러."

박현은 눈을 피하지 않았다.

"'박현'. 그게 본인의 이름이다."

톡— 톡—

블루는 박현을 노려보며 손가락으로 탁자를 두들겼다.

톡— 툭— 투욱— 쿵— 쾅! 투웅!

그 소리에 서서히 힘이 실리기 시작했다.

"어이, 파랑이."

박현이 그런 블루를 보며 입꼬리를 말아올렸다.

"파, 뭐?"

"죽고 잡냐? 파랑이?"

"파라, 뭐라고 하는 거야?"

"본인도 네 이름 부르기 어려워서 우리 식으로 불렀는데, 마음에 드나? 파랑아?"

"너 이 새끼, 죽고 싶으냐?"

"그래?"

박현이 혀로 입술을 핥았다.

"한 판 뜰까? 파리 시내 한복판에서."

레드의 근거지가 영국인 것처럼, 블루의 근거지는 프랑스였다.

"그리되면 그대는 우리의 적이 되는데도 괜찮겠나?"

독일에 근거지를 둔 블랙이 건조한 목소리로 물었다.

"무슨 상관인가? 내 땅도 아닌 것을."

박현은 블루를 향해 얼굴을 가져갔다.

"어때. 한 판 뜨고, 다음에 파랑이 네가 아시아로 오든가?"

"호호호, 호호호호!"

이탈리아의 화이트가 웃음을 터트렸다.

"네가 졌어."

"흥!"

화이트의 말에 블루가 콧방귀를 꼈다.

분위기가 묘하게 흘러갈 때쯤이었다.

♪~♩ ♪~♩ ♬~

휴대폰 벨소리가 울렸다.

"훗."

자신의 폰을 본 레드가 얕게 웃었다.

"달링이 무슨 일로 다 전화를 했을까나?"

레드는 스마트폰을 흔들어 보였다.

스마트폰 액정에는 '알렉스'라는 이름이 선명하게 찍혀 있었다.

알렉스.

피닉스의 현 이름이었다.

*　　　*　　　*

'흠.'

블루와 한 치의 양보도 없이 맞부딪히는 모습을 보며, 투룰은 속으로 침음성을 삼켰다.

'다르다.'

그는 자신과는 달랐다.

애초에 힘의 차이를 인정하고 허리를 숙인 자신과 달리, 빅현은 차라리 깨질지언정 허리를 굽히지 않는 것이었다.

'그러고 보니 한국의 군사 전술이 독침전술이라고 했던가?'

한때 유럽 정계를 감탄하게 만든 군사 전술이었다.

한국은 세계 군사력 순위 6위이다.

누구도 무시하지 못할 군사력이다.

하지만.

인접한 러시아, 중국, 일본은 각각 2위, 3위, 5위였다.

그래서 한국에서 만들어진 전술이 바로 독침전술이었다.

독침전술은 말 그대로 상대방에게 치명적인 독침을 날리겠다는 의미.

임전무퇴.

싸움이 일어나면 물러서지 않으며.

생즉사 사즉생(生卽死 死卽生).

살고자 한다면 죽을 것이요, 죽고자 한다면 살 것이다.

설상 전쟁에서 패하더라도, 전쟁을 치른 상대 국가 역시 정상국가로서 기능을 완전히 부숴버리겠다는 가히 독기로 가득 찬 전술이 아닐 수 없었다.

'한반도의 기질인가?'

투룰은 다섯 드래곤들의 표정을 살폈다.

심각하게 받아들이는 이는 없었다.

그저 '배포가 있군.' 혹은 ''신'이라면 '천외천'이라면 한 지역의 '절대자'라면 저 정도의 자신감은 있어야지.',

라는 정도의 반응이었다.

　설마 미친놈처럼 그럴 일은 없다 여기고 있었다.

　투룰은 눈웃음을 짓고 있는 박현의 눈을 바라보았다.

　호선을 그린 눈웃음 안에 차갑게 식어 있는 눈동자.

　박현의 그 말은 진심이었다.

　또한 경고였다.

　그래서 느낀 것이었다.

　박현은 자신과 다름을.

　'그는.'

　진짜 까마귀다.

　용을 잡아먹고 살아가는 태양의 까마귀.

　자신이 꿈꾸던 그런 존재.

　용을 먹는 존재가, 드래곤이라고 못 먹을까.

　벅차오르는 감정에 투룰은 조용히 주먹을 꽉 말아 쥐었다.

*　　　*　　　*

♪~♩♪~♩♫~

레드는 스마트폰을 한 번 흔들며 보여준 뒤, 폰을 물이 가득 담긴 잔에 풍덩 빠트렸다.

"어머! 이런 실수를."

"괜찮겠어?"

화이트가 물었다.

"안 괜찮을 건 또 뭐 있어?"

레드가 어깨를 으쓱 들어올렸다.

"치워."

레드의 명에 시중을 들던 궁녀가 재빨리 스마트폰이 빠진 물 잔을 치우고, 새 잔을 가져왔다.

"레드 양."

"……?"

"알렉스가 누구지?"

"아—, 알렉스 하면 모르겠네."

레드가 손바닥을 펼쳤다.

화르륵—

그 위로 불덩이가 튀어올랐다.

그 불덩이는 마치 찰흙처럼 오물주물 변하더니 한 마리 불새가 되었다.

"피닉스?"

"빙고."

레드의 말과 함께.

퍽!

불새 모양의 불이 터지듯 사그라졌다.

"식사 준비는 어떻게 할까요?"

집사가 다가와 물었다.

"일단 먹으면서 이야기 나눌까?"

레드가 물었다.

다들 이견은 없었다.

"내 와."

식전주와 전채요리를 시작으로 수프, 생선요리 등으로 이어졌다.

박현은 부다왕궁의 궁중집사에게서 배운 식사 예절에 맞춰 식사를 이어갔다.

그렇다고 극도로 조심스럽게 먹지는 않았다.

예절은 지켰지만, 적당히 편하게 식사를 하였다.

아니나 다를까.

"어디 못 배운 티 내는 것도 아니고 그릇 좀 긁지 말지."

블루.

그가 박현을 향해 쏘아붙였다.

딸그랑—

박현은 들고 있던 포크와 나이프를 접시에 던졌다.

하지만 접시 위에 나뒹군 건 포크뿐이었다.

핑—

나이프는 블루의 미간을 향해 화살처럼 날아가 그 앞에 멈췄다.

우우웅—

마치 늑대가 이빨을 드러내듯 나이프의 날 끝에 붉은 기운이 넘실거렸다.

"파란 저 새끼, 죽여도 되나?"

박현은 냅킨으로 입을 닦으며 레드, 화이트, 블랙, 그리고 옐로우를 쳐다보며 물었다.

그 말과 함께 나이프는 천천히, 아주 천천히 블루의 미간을 향해 다가갔다.

솨아아아!

그러자 블루 주변으로 물줄기가 튀어 올라 나이프를 휘감았다.

수하아아—

물과 불이 힘겨루기에 들어가자 그 주변으로 뜨거운 수증기가 피어올랐다.

파지직— 펑!

그 사이로 번개 한 줄기가 비집고 들어와 두 기운을 태워버렸다.

"싸우려면 나가서 싸워. 식사 망치지 말고."

화이트가 쌀쌀한 목소리로 말했다.

즉, 그녀는 둘의 싸움을 말리지 않았다.

아니, 그녀는 다시 우아하게 포크와 나이프로 생선살을 발라 입으로 가져갔다.

박현은 블랙과 옐로우, 레드를 차례로 쳐다보았다.

딱히 말릴 생각이 없어 보였다.

'이것 봐라.'

이유는 모르겠지만, 자신에게 삐딱한 자세를 취하는 블루를 통해 자신을 힘을 확인하려는 모양이었다.

'훗.'

박현은 입술을 혀로 핥으며 입꼬리를 말아 올렸다.

그리고는 천천히 블루를 쳐다보았다.

"삼족오에 대해 들어봤나?"

"흥! 내가 굳이 알아야 할 신족인가?"

블루가 코웃음을 치며 무시했다.

"알아야 할 거야."

"……?"

"왜냐하면 용을 먹고 자라는 신이기 때문이지."

박현의 말에 블루의 뺨이 꿈틀거렸다.

"네놈은 무슨 맛인지 궁금해지는군."

두둑— 두둑!

박현은 목을 꺾으며 자리에서 일어났다.

"그리고 본인이 한 말 기억하나?"

"……?"

"늦지 말라고. 파리가 사라지는 걸 보기 싫다면."

팟!

박현의 신형이 그 자리에서 사라졌다.

"어디서 잘난……."

다시 코웃음을 치던 블루의 표정이 서서히 굳어졌다.

그리고 그의 고개가 한 곳으로 휙 돌아갔다.

"설마……."

레드도 놀란 듯 눈을 껌뻑였다.

"설마가 때로는 사람도, 신도 잡지."

화이트는 여전히 홀로 식사를 하며 말을 툭 던졌다.

"만약 파리에 신이 모습을 드러낸다면……, 아니 신의 손에 파괴가 된다면……."

"생각만 해도 끔찍하군."

옐로우의 말을 블랙이 이어받았다.

"설마 그럴려고."

블루가 중얼거렸다.

"태고의 약속을 깨고 세상의 적이 될까."

블루는 애써 불안감을 감추며 태연하게 말했다.

"빨리 가시는 게 좋을 듯싶소."

투룰.

"무슨 소리지?"

블루가 인상을 찌푸리며 물었다.

"내 형제는 한다면 하오. 이미 전적도 있고."

투룰은 블루를 향해 미소를 방긋 지은 후, 화이트 와인을 입으로 가져갔다.

'달군.'

화이트 와인은 달지 않았다.

하지만 지금, 그 어느 디저트 와인보다 달달했다.

쿵!

순간 공기가 무겁게 가라앉았다.

"농담이 과하군."

옐로우.

"여기가 어떤 자리라고 농담을 하겠소."

옐로우가 다급히 블루를 쳐다보았다.

"농담이면, 넌 무사하지 못한다."

블루가 착 가라앉은 목소리로 경고하듯 말했다.

"나는 이미 말했소. 늦기 전에 가보라고."

투룰은 눈을 감고 화이트 와인을 한 모금 더 마시며 맛을 음미했다.

왠지 콧노래가 나올 기분이었지만, 그 정도는 참았다.

팡!

블루가 거친 바람을 남기고 그 자리에서 사라졌다.

파바방!

이어 옐로우와 블랙도 사라졌다.

자리를 지키고 있는 이는 레드와 화이트, 그리고 투룰뿐이었다.

"너는 안 가봐?"

레드가 화이트에게 물었다.

"너는?"

화이트도 물었다.

"블루가 이겨도 좋고, 콧대가 뭉개져도 좋고."

레드는 화이트를 눈으로 가리켰다.

"맛있네."

접시를 비운 화이트는 냅킨으로 입 주변을 정리했다.

"오늘 새로운 손님 온다고 신경을 쓰기는 했지."

그렇게 식사는 이어졌다.

*　　　*　　　*

프랑스 파리.

밝은 태양이 검게 물들며 푸른 하늘이 어둑하게 변했다.

마치 일식이 일어난 것처럼.

태양의 빛이 서서히 잃어갔다.

그리고 그 태양 아래, 박현이 떠 있었다.

박현은 태양의 힘을 느긋하게 흡수하며 프랑스 파리를
내려다보고 있었다.

'왔군.'

저 멀리 빛살처럼 날아오는 드래곤의 기운이 느껴졌다.

'그럼 어디 볼까?'

박현은 뜨거운 열기를 담은 태양의 기운을 천천히 프랑
스 파리를 향해 쏘아 보냈다.

그렇게 프랑스 파리의 하늘이 태양의 열기에 녹아내리기
시작했다.

*용어

1) 일루미나티: 일루미나티는 1776년 프로이센에서 조직된 비밀 결사 조직이다. 독일의 아담 바이스하루프트(Adam Weishaupt, 1748~1830)가 중세 질서에 저항하면서 창설했다. '일루미나티'는 라틴어로 계몽하다, 밝히다라는 뜻으로, 우리말로는 광명회라고 부른다. 이 일루미나티는 사실상 1790년 쯤 거의 모습을 감췄으나 태생이 비밀조직이었기에 현대에 이르러 사회에 음모론 배후로 많이 지목되고 있다.

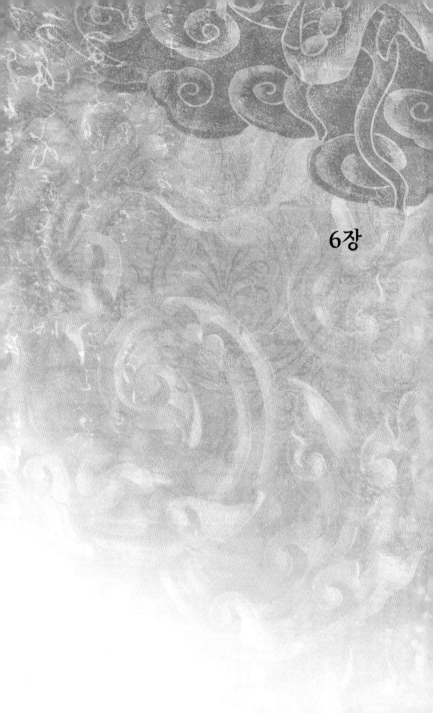

6장

　마치 일식이 일어난 것처럼, 밝은 태양이 검게 물들며 푸른 하늘이 어둑하게 변했다.

　"응?"

　야외 테이블에서 커피 한 잔의 여유를 즐기던 이들이 일제히 고개를 들어 하늘을 올려다보았다.

　평소라면 신글리스를 착용하고도 똑바로 볼 수 없는 해를, 모든 이들이 선글라스도 없이 쳐다보고 있었다.

　검은 태양.

마치 하늘에 잉크 한 방울이 툭 찍힌 것처럼, 태양은 검게 빛나고 있었다.

"일식인가?"

누군가의 중얼거림에 다들 스마트폰을 켜 사진을 찍거나 이것저것 검색하기 시작했다.

철퍼덕!

"으악!"

검은 무엇이 하늘에서 뚝 떨어지자, 커피를 마시던 사내가 화들짝 놀라 자리에서 벌떡 일어나 옆으로 피했다.

"……비둘기?"

사내는 조심스럽게 다가가 비둘기를 발로 툭툭 찼다.

이미 죽은 듯 비둘기는 아무런 미동도 없었다.

"어?"

놀란 마음이 진정되자, 이상한 점이 눈에 들어왔다.

그건 바로, 비둘기 몸에서 김이 모락모락 난다는 것이었다.

"킁킁!"

사내는 그 냄새를 좀 더 자세히 맡았다.

기분 나쁜 퀴퀴한 냄새와 구수한 새구이 냄새가 동시에 풍겼다.

"뭐지?"

사내는 이상함에 하늘을 올려다보았다.

"……?"

맑았던 하늘에 검은 점들이 빼곡하게 박혀 있었다.

"……!"

그런데 그 검은 점들이 조금씩 조금씩 커지는 것 같더니, 이내 갑작스러울 정도로 크기가 확 커졌다.

철퍼덕!

그 검은 점 몇 개는 바닥에.

와당탕탕— 챙그랑.

몇 개의 점들은 야외 테이블에.

와장창창창!

그리고 몇 개의 점들은 유리창을 깨트렸다.

"으아아아악!"

"허억!"

사람들은 소나기처럼 후드득 떨어지는 검은 물체를 피해 건물 안으로 도망치듯 피신했다.

"비, 비둘기?"

"도, 도대체……"

주변을 초토화시키듯 바닥으로 떨어진 검은 물체는 다름 아닌 비둘기들이었다. 그리고 그 비둘기들은 하나도 빠짐 없이 김을 모락모락 뿜어내고 있었다.

그 모습은 마치, 털도 뽑지 않고 오븐에 넣어 구운 듯한 모습들이었다.

"근데 덥지 않아?"

누군가가 셔츠 앞섶 단추를 풀며 말했다.

슬슬 여름으로 들어서는 시기라 날이 많이 풀렸지만, 한여름처럼 더운 시기는 아니었다.

몇몇은 손부채로 열기를 식히거나 손수건으로 땀을 닦으며 열기를 쫓으려 했다.

하지만.

한여름 같던 열기는 사막의 열기로 바뀌는 데 오랜 시간이 걸리지 않았다.

숨이 막힐 듯한 열기에 누군가는 결국 가볍게 탈의를 하는가 하면, 물로 가볍게 머리와 얼굴을 적셔 더위를 달랬다.

하지만!

사막과도 같은 열기는 곧 사우나처럼 바뀌었다.

그것도 평범한 사우나가 아닌 한증막처럼 아주 고열의 뜨거운 사우나같이 말이다.

우당탕탕탕!

뜨거운 열기에 혼절하는 이들마저 하나둘씩 나타나자, 결국 남의 시선이나 체면 등은 벗어버리고 말았다. 최대한 가볍게 탈의를 하고, 물로 몸을 적시는 등 아등바등 살기 위해 각자 몸부림치기 시작했다.

그리고 뜨거운 열기가 아스팔트마저 녹일 때쯤이었다.

쏴아아아아아—
하늘에 구멍이라도 난 것처럼, 장대비가 쏟아져 내렸다.

장대비가 지독한 열기를 식혀냈지만, 뜨겁게 달궈진 아스팔트 위로 자욱한 수증기가 만들어졌고, 그 수증기는 삽시간에 파리 전역을 뒤덮었다.

*   *   *

박현은 태양의 열기를 흡수해, 파리로 끌어내렸다.
그 열기가 파리의 바닥에 닿을 때였다.
화아아아아—
끝없는 물줄기가 장막을 치듯 파리의 하늘을 뒤덮었다.
츠츠츠츳—

물의 장막은 뜨거운 열기에 끓어올라 수증기가 되었고, 그 수증기는 이내 몽글몽글 뭉쳐 먹구름이 되었다.

거기에 물의 힘이 실리자, 먹구름은 장대비가 되어 뜨겁게 달아오른 파리를 적셨다.

그리고 장대비가 되어가는 먹구름 위로 블루가 모습을 드러냈다.

부르르르르르!

블루는 박현을 보며 분노를 이기지 못하고 몸을 부르르 떨었다.

그 분노에 먹구름들도 몸을 떨었고.

우르르르 쾅쾅!

먹구름은 마치 블루가 분노를 표출하듯 번개를 내뿜었다.

"꺄아아악!"

"사, 사람 살려!"

한두 줄기도 아니고, 수십 줄기의 벼락이 파리의 하늘을 뒤덮자, 파리는 한순간에 아수라장이 되고 말았다.

그건 하늘 아래에서의 일.

하늘 위에는 두 절대자가 드디어 얼굴을 마주했다.

"생각보다 빨리 왔군."

박현은 블루를 내려다보며 히죽 웃었다.

"너, 이 새끼."

우르르르 콰광!

블루의 몸 주변으로 번개가 휘몰아쳤다.

"네가 이러고도 무사할 거라 여긴다면 오산이다."

"훗!"

블루의 엄포에 박현은 어이없다는 듯 코웃음을 쳤다.

"내 이 죄를 물어, 한국을 물바다로 뒤덮어버리겠다."

"한국의 지배자가 바다의 제왕 용왕인데, 물 대 물의 싸움이라⋯⋯. 제법 볼 만하겠군."

박현이 턱을 쓰다듬으며 빙그레 웃었다.

블루는 순간, 박현이 지배하는 곳이 남한이 아닌 북한이 아닌가 생각이 들었다.

"그럼 북한에⋯⋯."

"그곳은 백택이 다스리는 곳인데."

"⋯⋯."

천연덕스러운 박현의 말에 블루가 눈을 몇 번 껌뻑였다.

"그럼 일본⋯⋯."

"일본은 폐안."

"중국……."

"중국은 용생구자이고."

"……."

블루의 머릿속 지식이 마구 엉켰다.

"본인은 자유롭고, 그대는 땅이 있군."

박현이 비릿하게 웃음을 보였다.

"파리 다음으로는 리옹이 좋으려나?"

그 말에 블루의 표정이 일그러졌다.

팟!

그리고 박현의 신형이 사라졌다.

동시에 블루의 고개가 남쪽으로 홱 돌아갔다.

"저 새끼, 도대체 뭐야?"

블루가 이를 박박 갈며 조금 떨어진 곳에 있는 옐로우와 블랙을 쳐다보았다.

"한반도의 천외천이라고 하지 않았나?"

그 말에 옐로우가 고개를 끄덕였다.

"이 새끼가, 감히 날 속여? 내 한반도를……."

"속인 건 아니다."

블랙.

"뭐?"

그 말에 블루가 미간을 찌푸리며 반문했다.

"무슨 소리야?"

블루가 성질을 꾹꾹 누르며 물었다.

"뭐라고 설명을 해야 하나."

옐로우는 느긋하게 턱을 쓰다듬으며 고민하는 모습이었
다.

딱.

그리고는 손가락을 튕겼다.

"교황."

"교황?"

"영토는 없지만, 모든 카톨릭 왕국의 정신적인 지배자.
지배하나 지배하지 않는, 딱 교황과 비슷하군."

"뭐?"

블루가 황당해하는데.

"그런데 이렇게 있어도 되나?"

"……!"

블랙의 말에 블루의 눈이 부릅떠졌다.

"이 개새끼!"

블루는 입술을 질끈 깨물며 리옹 시가 있는 남쪽으로 날
아올랐다.

"끌끌끌끌."

허겁지겁 날아가는 블루를 보며 옐로우는 개구진 웃음을 터트렸다.

"자네는 이게 재미있나?"

"재미있지."

블랙이 딱딱하게 타박했지만, 옐로우는 한 귀로 흘리며 느긋하게 블루의 뒤를 쫓았다.

옐로우가 떠나고, 블랙은 남쪽 하늘을 쳐다보았다.

'박현, 삼족오.'

동아시아를 아우르는 절대자이자, 한 줌의 영토도 가지지 않은 신.

'중국이라.'

블랙은 미간을 찌푸렸다.

"흠."

블랙은 침음을 삼키며 몸을 날렸다.

＊　　　＊　　　＊

리옹에 뜨거운 열기가 내려섰고, 새떼가 죽어 바닥으로 떨어졌다.

그리고 장대비가 내렸다.

자욱한 안개 위에 펼쳐진 먹구름 사이로.

그들이 본 것은…….

"이 새끼, 죽여 버린다!"

블루는 물의 장막으로 뜨거운 열기를 막으며 살기를 터트렸다.

그저 말뿐인 살기가 아니었다.

무시무시한 기운이 블루의 몸에서 터지듯 흘러나왔고, 그 주변으로 물안개가 자욱하게 피어났다.

파지지직!

그리고 결코 무시할 수 없는 불꽃이 튀기 시작했다.

"물러."

"뭐?"

"무르다고."

박현은 블루를 보며 조소를 머금었다.

"이 새끼!"

우르르르 콰쾅!

블루는 그런 박현을 향해 엄청난 크기의 번개를 쏘아 보냈다.

박현은 그 번개를 몸으로 받아들이며 인간의 육신을 깨트렸다.

거대한 진신, 삼족오의 모습을 드러낸 박현은 하늘로 날아올라 태양의 중앙에 섰다.

꺄아아아아아악!

거대한 울음을 토해낸 박현은, 블루를 향해 뚝 떨어져내
렸다.

그리고 부리고 블루의 머리를 쪼았다.

"이익!"

여차하다 머리가 터질 판.

"크르르르르."

어쩔 수 없이 블루도 진신인 거대한 푸른 몸집, 드래곤의
육신을 꺼낼 수밖에 없었다.

꺄아아아아아악!

크르르, 크하앙!

그렇게 거대한 삼족오와 블루드래곤이 하늘에서 부딪혔다.

그리고, 그 모습을 수천 수만 명이 보았다.

물안개와 장대비에 흐릿하게 가려진 그들의 검은 실루엣
을.

                    *   *   *

카르르르르르!

삼족오의 나직한 울음과.

크르르르르르!

블루 드래곤의 울음이 맞부딪혔다.

장대비를 쏟아내는 먹구름 위에 또 다른 먹구름이 피어
났다.

파지직— 파지직!

먹구름에서 수십 수백 줄기의 번개가 꿈틀거렸다.

그런 먹구름 사이로 블루 드래곤이 천천히 모습을 드러
냈다.

『감히 태고의 언약을 깨트려!』

블루 드래곤이 협박 어린 말을 내뱉었다.

『나는 그런 약속을 한 적이 없는데.』

하지만 박현은 조소로 그 말을 맞받아쳤다.

『……!』

블루는 순간 벙찐 표정을 짓고 말았다.

『어이, 퍼랭이.』

박현은 그런 그를 바라보며 비웃었다.

『우리 낭트에서 보지.』

『……?』

꺄아아아악!

박현은 커다란 날갯짓을 하며 하늘로 솟아올랐다. 그리고 빛처럼 서북쪽으로 사라졌다.

『……!』

박현이 갑자기 사라지자 블루는 순간 황당해하다가, 그가 남긴 말에 눈을 부릅떴다.

낭트.

리옹 못지않은 프랑스 대도시였다.

『까드득! 죽여버리겠어!』

블루는 다시 박현을 쫓아 서북쪽으로 날아갔다.

개구진 표정으로 박현과 블루를 따라온 옐로우도 더는 장난기 어린 표정을 짓지 못했다.

"블랙."

"……."

어느새 블랙 또한 옐로우 옆에 서서 박현과 블루가 사라진 곳을 바라보고 있었다.

"하고 있는 그 생각 접게."

옐로우의 말에 블랙의 무표정한 얼굴에 미간이 좁혀졌다.

"……."

블랙은 말이 없었다.

"하지 말게."

옐로우가 재차 말했다.

그제야 블랙이 고개를 돌려 옐로우를 쳐다보았다.

"최악의 순간, 반드시 그를 죽여야 할 게 아니라면."

옐로우가 그런 블랙을 빤히 쳐다보았다.

"그와 척을 지지 말게."

"……."

"가진 것 없는 이는 무서운 법이지."

옐로우가 씨익 웃었다.

"너처럼?"

"지킬 것이 없거든. 너희들과 다르게, 나처럼."

"태고의 맹약이다."

"박 경(卿)은 태고의 맹약을 깨트리며 저 지위에 올랐지."

그 말에 블랙의 눈썹이 꿈틀거렸다.

"그러면서 그 무엇 하나 자신의 소유로 가지지 않았어."

"흠."

블랙의 눈매가 굳어졌다.

"그런데 다 가졌지."

옐로우의 말에 블랙의 눈빛이 더욱 가라앉았다.

"그리고 동아시아의 마지막 퍼즐."

"중국."

"그래, 그 중국마저 먹으려는 자다."

옐로우는 블랙 앞에 섰다.

"확실하지 않으면 나서지 마."

"그 사이에 뭐 하느라 코빼기도 안 보이는가 싶더니."

옐로우는 어깨를 으쓱 들어올렸다.

"그러게 자네도 견문을 넓히게. 지금은 과거와는 또 다르니. 더더욱 동아시아는."

옐로우의 말이 끝나기가 무섭게 블랙은 그 자리에서 사라지듯 서북쪽으로 날아갔다.

"쯧. 같이 가자고 말 한 마디 하면 얼마나 좋아. 재미없는 친구 같으니라고."

옐로우도 블랙을 따라 몸을 날렸다.

*   *   *

"휴우—."

낭트에 도착한 옐로우는 멍하니 있는 블루를 보자 한숨을 내쉬었다.

낭트 역시 파리와 리옹 못지않게 엉망진창이었다.

그 원인은 박현이 아닌, 오히려 블루 그 자신이었다.

파지직!

하늘에서는 번개 수십 줄기가 번쩍이고 있었다.

『죽여버린다! 죽여버린다!』

블루가 끝내 분노를 참지 못하고 화를 터트리자.

우르르르 쾅쾅!

수십 줄기의 벼락이 낭트 시에 떨어졌다.

그렇게 한바탕 벼락을 흩뿌린 블루는 남쪽으로 사라졌다.

"저 멍청한 놈."

옐로우는 한숨을 푹 내쉬며 아수라장이 된 낭트 시를 내려다보았다.

"다음은 보르도인가?"

옐로우는 블루가 사라진 곳을 바라보며 중얼거렸다.

"간악하군."

블랙.

"그래서 무섭지."

옐로우도 그 말에 동의했다.

"동의하네."

블랙도 동의를 안 할 수 없었다.

"좋게 생각하게. 다시 아시아에 우리의 등불을 세울 수 있을 터이니."

옐로우의 말에 블랙이 고개를 끄덕였다.

"그럼 빨리 가세나. 저 둘의 싸움을 말려⋯⋯."

옐로우의 말이 끝나기도 전에 블랙이 다시 사라지듯 남쪽으로 떠났다.

"저! 저! 에잉!"

옐로우는 혀를 차며 그의 뒤를 쫓았다.

*　　　*　　　*

우르르 쾅쾅!

맑은 하늘에 날벼락이 휘몰아치고 있었다.

블루는 가감 없이 분노를 표출하고 있었고, 박현은 그 모습을 그저 바라보고 있었다.

『죽여버린다!』

콰르르르르르르 콰광!

한줄기 벼락이 박현을 향해 쏘아져 갔다.

하지만 그 벼락은 박현에게 닿지 못했다.

바로 한 줄기 검은 바람, 블랙이 벼락을 하늘 높이 흘려 보냈기 때문이었다.

『블랙! 뭐하는 짓인가?』

블루는 자신의 앞을 가로막는 블랙을 향해 성을 냈다.

"그만하게나."

그리고 옐로우도 블루의 옆에 서며 점잖게 말했다.

"옐로우!"

블루는 적잖게 당황하는 모습이었다.

『어찌!』

블루는 말문이 막힌 듯 좀처럼 말을 잇지 못했다.

『왜! 왜 나를 막는 것이냐!』

블루는 발악하며 소리치듯 물었다.

파지직! 파지지직!

그의 분노가 얼마나 대단했던지 사방으로 번개가 뻗어 나갔다.

"유럽 전역을 전장으로 만들 참이 아니면 그만둬라."

블루의 눈이 박현에게로 향했다.

"유럽 전에 네가 그리 사랑하는 프랑스가 먼저 피폐해질 거다."

옐로우의 말에 블루의 눈이 파르르 떨렸다.

"아래를 봐라. 네가 사랑하는 와인의 땅, 보르도를."

옐로우의 말에 블루의 눈이 자연스레 아래로 내려갔다.

『……!』

불타오르는 포도밭이 보이자 블루의 눈이 파르르 떨렸다.

"네가 한 거다."

블루의 입술이 바들바들 떨렸다.

그리고 느꼈다.

이 싸움은 애초에 자신이 이길 수 없는 싸움이었다는 것을.

블루는 입술을 깨물며 박현을 쳐다보았다.

검은 깃털.

그 속에 자리 잡은 불길한 황금빛 눈동자.

죽일 듯이 쳐다보건만 그는 아무렇지 않은 듯 자신을 쳐다보고 있었다.

평안하게.

마치 유유히 산보를 나온 것처럼.

"너는!"

블루는 인간의 육신으로 되돌아갔다.

"언젠가 내가 죽인다."

블루는 몸을 돌려 그 자리에서 사라졌다.

블랙이 옐로우에게 눈치를 줬다.

자존심 하나 빼면 시체인 그가 먼저 몸을 돌렸다.

자존심에 큰 상처로 남았으리라.

그걸 블랙도, 옐로우도 잘 알았다.

그렇기에 옐로우가 블루를 달래기 위해 그의 뒤를 쫓았다.

"흠."

인간의 모습을 돌아간 박현이 침음성을 삼켰다.

"쯧."

그리고는 혀를 찼다.

블랙은 그런 박현을 빤히 쳐다보았다.

그의 행동을 본 블랙은 느꼈다.

자신과 옐로우가 아니었다면 그가 블루를 죽였으리라는 것을.

마치 거미처럼.

거미줄을 쳐놓고 파닥거리는 먹이를 조금씩 조금씩 갉아 먹는 거미처럼.

"그대는 참으로 무서운 자로군."

"그대는 보기와 달리 속정이 깊고."

박현은 블랙을 보며 하얀 이를 드러냈다.

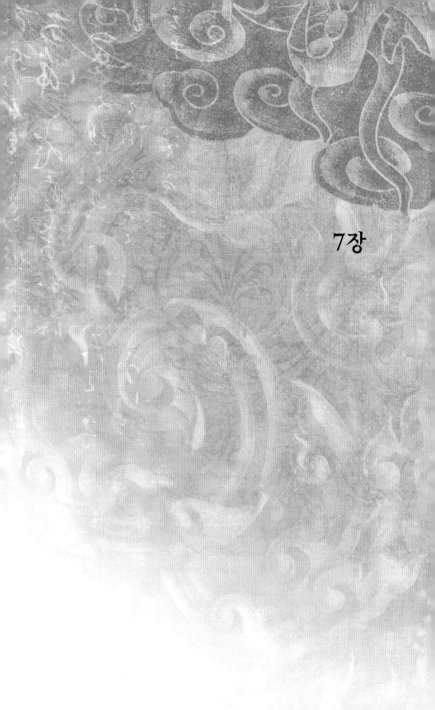

7장

촛불이 가득한 응접실에 네 명의 남녀가 자리하고 있었다.

그들은 바로, 블루를 제외한 네 마리의 드래곤이었다.

"휴우—."

레드가 가벼운 한숨을 내쉬었다.

"이번 일은 나의 패착이야."

입술을 잘근잘근 씹었다.

사실 레드가 블루의 오만한 성격을 이용해 일부러 그런 분위기를 은근히 조장했었다.

"어때?"

"블루의 상심이 매우 커."

옐로우.

레드는 그 말에 고개를 저었다.

"삼족오 말이야."

레드의 물음에 블랙이 그녀를 빤히 쳐다보았다.

"너는 여전하군."

블랙이 무미건조한 목소리로 말을 받았다.

"그래서? 네 판단은?"

"동등."

블랙의 말에 레드의 눈썹이 꿈틀거렸다.

"……농담이지?"

화이트가 놀란 나머지 입을 쩍 벌렸다.

"나는 최소 동수. 적어도 그를 확실하게 죽이려면 우리 둘 이상은 필요하다 본다."

옐로우의 말에 화이트는 표정을 굳히며 입을 꾹 닫았다.

"명심해. 그는 동아시아를 집어삼키고 있는 신이야."

"흠."

레드는 위스키 잔을 빙글빙글 돌리며 침음성을 삼켰다.

"오만한 건 블루가 아니라 나였군."

레드는 위스키 잔을 탁자에 탁 내려놓았다.

"옐로우, 네가 블루 좀 달래줘."

"뭐라고?"

"나중에, 나중에 기회를 준다고."

옐로우의 눈매가 가늘어졌다.

"휴우―."

흔들림 없는 레드의 눈에 옐로우는 긴 한숨을 내쉬었다.

"그러지. 훗날 어찌 되든 당장 그와 척을 지는 건 피해야 하니까."

옐로우는 고개를 끄덕였다.

"좋아. 일단 블루를 달래는 방향으로 가지. 삼족오와……."

레드는 입술을 살짝 물었다가 입을 열었다.

"손을 잡는다."

레드는 고개를 들어 옐로우, 블랙, 화이트를 쳐다보았다.

"찬성."

"나도 찬성."

옐로우와 화이트는 그에 동의했고, 블랙은 조용히 고개를 끄덕이는 걸로 찬성을 표했다.

"나도 찬성."

그리도 또 다른 목소리가 찬성했다.

"……!"

"……!"

"……!"

"……!"

넷의 눈이 천천히 구석으로 향했다.

빛이 닿지 않는 방 안 구석.

그곳에 박현이 벽에 기댄 채 서 있었다.

"전지전능하신 천상의 신이 아닌 이상에야 미래를 알 수 있나?"

박현은 밝은 곳으로 뚜벅뚜벅 걸어와 빈 의자에 털썩 주저앉았다.

쪼르르

그리고는 빈 잔에 위스키를 따랐다.

"그러니 현재에 충실해야지. 설령 미래에 서로 죽여야 할 적이 될지라도."

박현은 씨익 웃으며 레드를 향해 술잔을 내밀었다.

"……."

레드는 박현이 내민 술잔을 지그시 바라보았다.

"안 그런가?"

박현이 얼른 잔을 치라고 술잔을 흔들었다.

"훗."

레드는 의미 모를 웃음을 툭 내뱉으며 술잔을 들었다.

챙.

가볍게 술잔이 부딪혔다.

그 시각.

"미리 각오했다지만, 속이 쓰리군."

블루는 잔에 담긴 꼬냑을 단숨에 비워냈다.

"그래서 본심을 알아내지 않았소이까?"

"그렇지. 그년이 감히 날 미끼로 삼아 던져? 까드득!"

블루는 이빨을 까드득 갈았다.

옆에 앉아 있는 이가 조용히 그의 잔을 채워주었다.

"이런 말이 있습니다."

"무슨 말?"

"이 보 전진을 위한 일 보 후퇴."

"이 보 전진을 위한 일 보 후퇴?"

"결국 한 걸음 내딛고야 말겠다는 결의지요."

사내의 말에 블루의 눈빛이 매섭게 가라앉았다.

"결의."

블루는 그 말을 맴돌리며 꼬냑을 입으로 가져갔다.

"그나저나 잘도 나에게 올 생각을 했군."

블루가 사내를 쳐다보았다.

"전부터 마음에 들지 않았습니다."

"레드?"

"예."

"하긴 그년은 자네를 가장 못살게 굴었지."

사내, 투룰은 차갑게 식은 눈동자를 감추며 가볍게 눈웃음을 지었다.

"이 유럽의 두 축은 예로부터 블랙과 블루 아니셨습니까? 동떨어진 섬나라에서 이래라 저래라, 불편합니다."

"훗."

블루는 옅은 웃음을 삼켰다.

"저 역시 유럽이 고향이니까요."

"그렇지. 어찌 되었든 그대의 땅도 유럽이지."

"제 답은 이렇습니다."

"말해보게."

"유럽은 유럽답게."

블루가 투룰을 향해 잔을 내밀었다.

"진작 자네와 깊은 대화를 나눴으면 좋았을 걸 그랬군."

찬—

가볍게 둘의 술잔이 부딪혔다.

* * *

"후우—."

투룰은 셔츠 단추를 느슨하게 풀며 한숨을 내쉬었다.

"수고하셨습니다."

박현이 그런 그에게 시원한 맥주를 건넸다.

투룰은 그 맥주를 한 번에 반쯤 비워냈다.

"크하—."

그리고는 소매로 입가에 묻은 거품을 닦아냈다.

"어찌 블루는 잘 달래주고 오셨습니까?"

박현이 투룰 앞에 앉았다.

"너 때문에 제 명에 못 살겠다."

투룰은 엄살을 떨었다.

아니 사실이기도 했다.

하지만 뜻하는 대로 일이 진행되어 긴장이 풀렸기에, 그런 엄살도 부려보는 것이었다.

"왜 자네가 나서지 않고?"

투룰은 맥주를 마저 비운 후 빈 깡통을 납작하게 접으며 물었다.

"왜, 연기에는 자신이 없는 게냐?"

박현이 그저 씩 웃자 투룰은 장난 반 진담 반 섞어 물었다.

그에 박현은 고개를 끄덕였다.

"녀석……."

"연기가 아니니까요."

"……?"

투륵은 의아한 표정을 지었다가.

"……!"

눈을 화등잔처럼 부릅떴다.

"서, 설마."

"예. 진짜 죽일 겁니다."

박현이 씨익 웃었다.

땡그랑—

납작하게 눌린 맥주캔이 바닥으로 떨어졌다.

"……왜?"

너무나도 직설적인 외마디 물음이었다.

"아, 아니…… 그것이…….."

오히려 당황한 건 질문을 던진 투륵이었다.

"하나가 줄면, 형님의 지위도 좀 더 편해질 거 아닙니까?"

하지만 그게 다가 아니리라.

"별거 없습니다."

"……?"

"오만한 콧대를 한 번쯤 꺾어 놓을 필요도 있으니 말입니다."

"그래서 블루를⋯⋯."

그에 박현이 고개를 저었다.

"허면⋯⋯."

"레드."

"⋯⋯!"

"일단 레드부터."

박현은 씨익 웃으며 맥주를 입으로 가져갔다.

"네, 네가 생각하는 바가⋯⋯ 무엇이냐?"

"그건 바로⋯⋯."

＊　　　＊　　　＊

"끄응."

옐로우가 앓는 소리를 삼키며 빈 의자를 쳐다보았다.

원래는 블루가 앉아 있어야 할 의자였다.

그리고 잠시 동안 그 자리를 차지한 건 바로 박현이었다.

"이거 참."

잠시 그 의자를 쳐다보던 옐로우는 손가락으로 뺨을 긁었다.

"생각보다 훨씬 무서운 자로군."

옐로우의 얼굴에 개구진 표정이 완전히 지워졌다.

"또한 거침이 없고."

블랙.

"간악한 머리까지 가지고 있어."

블랙은 레드와 화이트를 바라보며 말을 덧붙였다.

"그래서?"

화이트가 와인잔을 들며 말했다.

당연히 옐로우, 블랙, 레드가 그녀를 쳐다보았다.

"왜?"

"왜라니?"

레드가 미간을 찌푸렸다.

"뭐가 문젠데?"

오히려 화이트는 황당해하며 물었다.

"그가 어떤 자인지 무슨 상관. 우리에게 득이 되느냐, 아니냐만 따지면 되는 거 아니야?"

화이트는 와인잔을 흔들어 향을 키웠다.

"그가 말했던 것처럼 득이 되면 함께 가는 거고, 아니면 마는 거고."

화이트는 와인잔을 입으로 가져갔다.

"거슬리면 죽이면 되는 거고."

화이트는 아름다운 미소를 지으며 와인을 마셨다.

"안 그래, 레드?"

화이트는 이 일의 시작인 레드를 바라보았다.

그 시선에 레드의 미간에 깊은 주름이 그려졌다.

✻   ✻   ✻

다음 날, 오후.

푸른 잔디가 깔린 정원에 다섯의 드래곤들과 박현, 투룰이 다시 모였다.

분위기는 상당히 냉랭했다.

이미 예상했던 바였지만, 의외로 그 중심은 박현이 아니었다.

레드, 그리고 블루. 두 드래곤이 서로를 노려보고 있었다.

"홍콩, 마카오."

블루가 말을 툭 던졌다.

"뭐?"

레드가 눈초리를 사납게 치켜떴다.

"뭐가?"

블루는 아무것도 모른다는 듯 되물었다.

"지금 나랑 농담 따먹기라도 하자는 거야?"

레드의 목소리가 날카롭게 섰다.

"내가? 너랑?"

블루는 어이없다는 듯 레드를 쳐다보았다.

"그런데 홍콩을 입에 올려?"

레드가 사랑했던 도시.

홍콩. '

지금 자신의 손을 떠났기에 더욱 그리운 도시였고, 그녀는 다시 홍콩을 가지고 싶어 했다.

그런데.

"말은 똑바로 하라고, 홍콩은 이제 네 것이 아니지."

블루가 대놓고 입꼬리를 말아 올렸다.

"누구의 것이 될지는 모르는 거 아닌가?"

쾅!

레드의 주변에 놓여 있던 의자와 탁자, 그리고 파라솔이 터지며 산산조각 났다.

"다시 말해 봐."

붉은 기운이 휘몰아치는 가운데 레드의 목소리에는 브레스의 기운을 담겨 있었다.

"홍콩, 이번에 내가 가져볼까 하는데."

블루는 느긋하게 찻잔을 들며 말했다.

파장창창창!

레드의 기운이 블루를 휘감자, 찻잔이 깨지며 홍차가 사방으로 튀었다.

쏴악—

하지만 그것도 잠시.

사방으로 흩어졌던 홍차는 다시 블루 앞으로 모여들었다.

단순히 모여든 게 아니었다.

날이 시퍼런 단검 모양이 되어 레드의 턱 끝을 겨누고 있었다.

"레드."

블루는 그제야 고개를 들어 레드를 올려다보았다.

"내가 죽을지, 네가 죽을지 해볼까?"

펑! 펑! 펑!

쏴아아아아아!

블루 주변으로 땅거죽이 터지며 물줄기가 하늘로 솟구쳐 올랐다.

그 물은 거대한 드래곤이 되어 레드를 향해 위협적으로 입을 쩍 벌렸다.

"갑자기 이러는 이유는 뭐지?"

전과 달리 블루의 살의가 느껴지자 일단 레드가 한 걸음 뒤로 물러났다.

"이유?"

블루가 어이없다는 듯 물었다.

"크하하하하하하!"

한바탕 웃음을 터트린 후.

드르륵!

블루는 천천히 자리에서 일어나 레드 앞에 가까이 다가가 섰다.

여전히 능글맞게 웃고 있지만, 눈빛은 한없이 차갑게 식어 있었다.

"네가 나를 가지고 논 것을 모를 줄 알았냐?"

블루는 박현을 흘깃 쳐다보았다.

당연히 그 시선에 레드의 시선도 박현에게로 향했다.

"……."

당연히 레드의 눈가가 찌푸려졌다.

"한두 번도 아니지. 안 그래?"

"……."

레드는 입술을 지그시 깨물었다.

"하지만 이번에 너는 선을 넘었어."

크하아아아앙!

물의 드래곤이 레드를 향해 울음을 터트렸다.

"내 아름다운 땅을 더럽혔지."

그 말에 레드는 피식 웃으며 안면을 확 바꿨다.

"네 땅을 더럽힌 건 내가 아니라, 저 녀석 아닌가?"

레드는 손가락으로 박현을 가리켰다.

"훗!"

블루가 코웃음을 쳤다.

"그리고 그에 못지않게 더럽힌 것도 너였던 것 같은데."

레드는 손가락을 블루에게로 돌렸다.

"왜 내게 따지지? 응?"

"그래, 그렇게 나와야 너답지."

블루의 미소가 한껏 진해졌다.

*   *   *

"흠."

둘의 대립을 보며 박현은 팔짱을 끼며 침음을 삼켰다.

"어제 블루는 잘 구슬린 게 아니었습니까?"

박현이 속삭이듯 투룰에게 물었다.

"어제 이야기한 그대로야."

투룰도 당혹감을 감추지 못했다.

"흠."

박현은 팔짱을 낀 채 손가락으로 팔꿈치를 툭툭 두들겼
다.

"생각보다 골이 깊었던 모양이군. 결국 그게 터진 거
고."

투룰이 말했다.

툭— 툭— 툭— 툭—

박현은 말없이 블루를 쳐다보았다.

*　　*　　*

크르르르르!

레드의 등 뒤로 불로 이뤄진 드래곤이 모습을 드러냈다.

크하아아악!

그런 불의 드래곤을 보자 물의 드래곤이 울음을 터트렸
다.

콰과과과과과광!

거대한 물과 불이 레드와 블루 머리 위에서 부딪혔다. 지
축이 흔들릴 정도로 부딪힌 물과 불의 기운은 엄청난 충격
을 사방으로 흩날렸다.

"그만!"

그때 일갈이 터지며 검은 기운이 물과 불의 기운을 뒤덮었다.

블랙이었다.

검은 기운은 불과 물의 기운을 반으로 자르며 둘의 기운을 떨어뜨렸다.

"쯧."

화이트가 자욱하게 피는 먼지를 바람으로 날려버리며 찻잔을 탁자 위에 내려놓았다.

"마음에 안 들어."

화이트는 부채를 접어 손에 쥐었다.

"나 간다."

화이트는 옆에 앉아 있는 옐로우에게만 인사를 하고는 그 자리에서 사라졌다.

그녀가 떠나고.

옐로우는 여전히 거친 공기가 감도는 블루와 레드의 대치를 잠시 바라보며 조금 떨어진 곳에 앉아 있는 박현과 투룰을 쳐다보았다.

"우리도 일어나지요."

그 광경을 굳은 표정으로 바라보던 박현이 자리에서 일어났다.

"이렇게 일어나도 될까?"

"그렇다고 마냥 자리를 지키고 앉아 있기에도 좀 그렇지 않을까요?"

그 말도 틀리지 않았기에 투룰도 엉거주춤 따라 자리에서 일어섰다.

박현은 자신을 쳐다보고 있는 옐로우를 향해 고개를 끄덕여 인사를 하고는 투룰과 함께 그 자리를 떠났다.

그리고 얼마 후.

레드와 블루는 블랙의 중재 아닌 중재에 각자의 기운을 거둬들인 후 사라졌다.

옐로우는 그 광경을 쳐다보며 생각에 잠겨 있었다.

"무슨 생각을 그리하나?"

블랙이 피곤한 얼굴로 다가와 옆에 앉았다.

"다들 갔나 보군."

블랙의 말에 옐로우가 고개를 끄덕이며 물 잔을 건넸다.

"하아—."

블랙은 물로 목을 축인 뒤 한숨을 내쉬었다.

"레드와 블루 때문이라면 너무 걱정 마."

블랙은 염력으로 근처 나뒹굴고 있는 위스키 병을 끌어와 손에 쥐었다.

퉁—

블랙은 뚜껑을 열고는 병째 위스키를 한 모금 마셨다.

"삼족오."

옐로우의 말에 블랙이 미간을 찌푸렸다.

"평소와 달리 크게 부딪혔지만, 전이라면 우리의 중재로 넘어갔겠지."

옐로우가 손을 건네자, 블랙이 들고 있던 위스키 병을 그에게 건넸다.

"다섯의 톱니 사이에 또 다른 톱니가 끼어들었어."

"흠."

블랙의 침음이 무거워졌다.

*　　　*　　　*

패션의 도시, 밀라노.

백발의 아름다운 여인이 명품 매장에서 쇼핑을 하고 있었다.

"어때 보여?"

백발의 여인, 화이트는 남자 모델이자 젊은 애인에게 물었다.

일종의 유희였다.

"예쁘군."

들려온 답은 애인이 아닌 낯선 목소리였다.

"……?"

화이트는 미간을 찌푸리며 목소리가 들린 곳을 쳐다보았다.

"너?"

그녀의 눈길이 닿는 곳에 박현이 서 있었다.

"너 누구야?"

그녀의 애인인 남자 모델이 박현을 향해 위협적으로 다가가려 했다.

"그만."

화이트는 싸늘한 목소리로 애인을 말렸다.

"다, 달링?"

남자 모델은 순간 당황하며 화이트를 쳐다보았다.

딱!

화이트가 손가락을 튕기자 남자 모델은 그 자리에서 정신을 잃고 바닥으로 쓰러졌다.

"제법 쓸 만한 놈이었는데."

화이트는 아깝다는 듯 남자 모델을 한 번 쳐다본 후 박현 앞으로 다가갔다.

"만약 시답잖은 일로 내 유희를 깬 거라면, 각오해야 할 거야."

화이트의 몸에서 은은하게 기운이 피어났다.

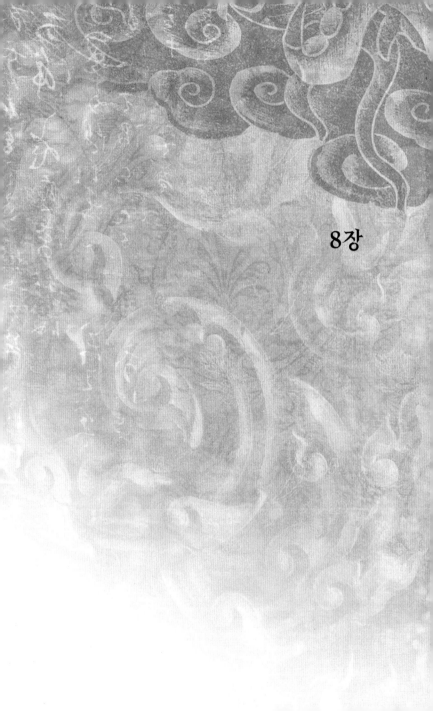

8장

"일단 나가서 이야기할까?"

박현은 휘황찬란한 주변을 둘러보며 미간을 찌푸렸다.

"귀찮아. 여기서 말해."

화이트는 귀찮은 기색이 역력했다.

"훗."

박현은 피식 웃음을 터트렸다.

"손가락 하나만 튕기면 될 것을."

"뭐?"

딱!

박현은 손을 들어 화이트 눈앞에서 손가락을 튕겼다.

퉁—

그러자 은은한 기운이 사방으로 퍼져나갔다.

"다들 기억을 지웠으니 나갈까?"

"……."

"이탈리아 커피가 맛있다고 하던데."

박현은 그녀 옆으로 다가가 팔을 슬쩍 들어올렸다.

"안내해주시죠, 아름다운 레이디."

"이게 너의 진짜 모습이야?"

"그럴 리가."

박현은 보란 듯이 웃음을 비틀었다.

"너……."

화이트가 눈을 가늘게 뜨며 박현을 쳐다보았다.

"재미난 애로구나."

"좋아. 그럼 갈까?"

박현이 팔을 좀 더 내밀자, 화이트는 팔짱을 꼈다.

*　　　*　　　*

중세와 현대가 묘하게 섞인 밀라노 거리.

박현과 화이트는 한 카페 야외 테이블에 나란히 앉아 있
었다.

"미, 미친."

화이트는 하얗게 질린 얼굴로 박현을 쳐다보았다.

얼마나 황당하고 당황스럽고, 불편한지 입술마저 파리하게 떨리고 있었다.

"……제정신이야?"

화이트는 진정이 안 되는지 손까지 부들부들 떨며 유리컵을 가리켰다.

얼음이 동동 떠 있는 맑은 유리잔 위로 짙은 갈색빛이 물들어가고 있었다.

"커피를 모독하다니."

화이트의 말에 박현은 보란 듯이 에스프레소를 유리컵에 쏟아부었다.

"예의도 미각도 없는 미개한 미국놈들이나 마시는 그 아메리카노를……, 오, 신이여."

화이트는 성호를 그으며 신을 찾았다.

"아메리카노?"

박현이 어이없다는 듯 화이트를 쳐다보았다.

"이게 어딜 봐서 아메리카노지?"

"그, 그럼 그건 뭔데!"

화이트가 소리를 빽 지르듯 말했다.

그에 박현은 검지를 들어 좌우로 저었다.

"아메리카노는 커피에 물을 섞은 거고. 이건."

박현은 유리컵을 들어 화이트의 시선과 마주했다.

"롱블랙. 물에 커피를 부은 거지. 풍미가 잘 느껴지도록."

차르르릉―

박현은 유리잔을 흔들어 얼음을 섞으며 시원하게 아이스 커피를 한 모금 마셨다.

"그나저나 커피향 하나는 끝내주는군."

"그건 커피에 대한 모독이야."

화이트는 고개를 홱 돌리며 우아하게 에스프레소 잔을 들었다.

"취향은 존중 좀 해주지."

"흥."

화이트는 코웃음을 쳤다.

"할 이야기나 빨리해."

"그럴까?"

"재미난 이야기가 아니면 넌⋯⋯."

"나?"

박현이 재미있다는 듯 되물었다.

"괜찮겠어?"

박현은 커피를 마시며 물었다.

"이탈리아도 참 나라가 예쁜데."

박현이 중얼거리자 화이트가 몸을 흠칫 떨었다.

"나는 오는 적 안 막고, 가는 적은 죽이자는 주의라."

박현이 하얀 이를 드러내며 웃었다.

"뭐, 뭐……. 이런 놈이 다 있어?"

화이트는 황당하게 박현을 쳐다보았다.

*   *   *

프랑스 니스.

"왔나?"

모래사장이 펼쳐진, 아름다운 해변이 내려다보이는 별장에 들어서자 블루는 시원한 상그리아를 마시며 그를 반갑게 맞이했다.

혼자가 아니었다.

한눈에 봐도 늘씬하고 잘 빠진 여인들이 수영복 차림으로 그의 곁에, 풀장 안에서 놀고 있었다. 그 모습에 절로 한숨이 흘러나왔지만, 애써 참으며 미소로 인사를 대신했다.

"그 웃음 어색해."

블루가 손가락으로 톡톡 찍듯 어색한 웃음을 지적했다.

"중요한 이야기 때문에 왔겠지?"

투룰이 고개를 끄덕였다.

짝짝!

그에 블루가 손뼉을 쳤다.

"다들 그만 집 안으로."

블루의 말에 여인들은 동시에 놀던 것을 멈추고 집 안으로 들어갔다.

탕탕!

여인들이 집 안으로 사라지고, 블루는 손바닥으로 옆에 놓인 의자를 두들겼다.

"앉아."

그에 투룰이 빈 의자로 다가가 앉았다.

"한 잔?"

"괜찮습니다."

"재미없는 친구 같으니라고."

블루는 상그리아를 한 모금 마셨다.

"레드 때문에 왔지?"

블루는 투룰의 속도 모르는지 밝은 목소리로 물었다.

"휴우―."

결국 투룰은 한숨을 푹 내쉬며 고개를 끄덕였다.

"예."

"뭘 또 그렇게 한숨을 쉬고 그러나?"

블루는 투룰을 다독였다.

그리고 투룰은 처음 알았다.

블루가 이렇게 밝은 면이 있다는 것을.

*　　　*　　　*

"용생구자인가 뭔가 중국 머시기들?"

화이트가 코웃음을 치며 말했다.

"나 골치 아픈 거 싫어하니까, 그 이야기하려면 가라."

"너도 참, 재미난…… 레이디구나."

"흥. 뭔 개소리야."

"아니야, 참 재미있어."

박현은 화이트를 빤히 쳐다보았다.

"어쨌든, 나랑 상관없는 일이니까 나 먼저 일어난다."

화이트가 막 자리에서 일어나려는데.

"너 레드랑 별로 안 친하지?"

그 말에 화이트의 몸이 움찔거렸다.

"너 지금 무슨 소리 하는 거야?"

화이트의 눈이 표독스럽게 변했다.

"친한가?"

박현은 미간을 손가락으로 긁으며 난처한 표정을 지었다.

"시답잖은 연극일랑 말고. 무슨 소리지?"

화이트는 다시 자리에 앉으며 싸늘한 목소리로 물었다.

"별거 아니야."

박현이 별일 아니라는 듯 말했다.

"별 게 아닌 게 아닌데."

화이트의 눈이 더욱 매섭게 변했다.

"본인은 본인 앞에서 본인을 죽이겠다는 적은 용서해줘도, 뒤에서 비수 꼽는 적은 용서 못 하거든."

박현이 하얀 이를 드러냈다.

"설마?"

"……?"

박현은 아무것도 모르겠다는 듯 어깨를 으쓱 들어올렸다.

"블루랑?"

"없다 하면 믿어 줄 건가?"

"하아—."

화이트는 한숨을 푹 내쉬었다.

"그래서 오늘……."

"그건 예상 밖이었어. 그래서 골치가 아파."

박현은 오늘 있었던 레드와 블루의 대치를 떠올리며 미간을 찌푸렸다.

"나에게 뭘 원하는 거지?"

화이트가 물었다.

"근데 아직 대답을 안 했어."

"뭐를?"

"레드랑 친하나?"

박현이 차가운 눈으로 그녀를 바라보며 물었다.

한없이 시린 눈빛에 화이트는 저도 모르게 몸을 슬쩍 떨었다.

＊　　　＊　　　＊

"나 속이 다 시원했어. 으하하하하하!"

블루는 정말 시원한 웃음을 터트렸다.

듣는 투룰도 속이 뻥 뚫리는 것만 같은 웃음이었다.

"투룰."

"……?"

"아무 생각 없이 그런 건 아니니까 걱정 마."

"……."

"그리고 가서 그대의 형제에게도 전해. 그냥 계획이 좀 더 심플하게 빨라진 것뿐이라고."

블루의 몸이 투룰 쪽으로 기울었다.

"다음 회합 자리에서 죽일 거니까 준비하라 전해주고."

블루는 음산한 웃음을 지으며 상그리아를 입으로 가져갔다.

완벽한 물귀신 작전.

투룰의 표정이 굳어졌다.

*　　　*　　　*

♪~♩ ♪~♩ ♫~

"잠시, 실례."

투룰에게서 걸려온 전화에 박현이 가볍게 윙크를 날리며 전화를 받았다.

"예."

《날세. 상황이 좀 골치 아프게 되었어.》

"흠."

박현은 블루를 떠올렸다.

《우리가 생각했던 것 이상으로 블루가 레드에게 쌓인 게 많았던 모양이야.》

"왜요? 다음에 보면 죽인다고 하던가요?"

박현은 피식 웃음을 삼키며 물었다.

《…….》

"아닌가요?"

《맞네.》

"하하."

박현은 얼굴을 굳히며 딱딱한 웃음 몇 마디 내뱉었다.

"보나 마나 차후의 일은 본인에게 뒤집어씌울 거고."

《내 생각도 그러네.》

"이 새끼 봐라."

박현이 입술을 혀로 핥았다.

"화이트."

박현은 비릿한 웃음을 지었다.

"블루랑 사이는 어때?"

"……무슨 소리야?"

화이트가 인상을 찌푸렸다.

"사이가 좋아? 안 좋아?"

"미친……."

화이트는 어이없다는 듯 자리를 박차고 일어났다.

박현은 그런 화이트 앞을 가로막았다.

"대답해."

"……."

서늘한 살기에 화이트는 얼굴을 굳혔다.

"그리고 대답은 안 좋다였으면 좋겠군."

"무, 무슨……."

"죽이고 싶을 정도로."

박현의 황금빛 눈동자에 시퍼런 살기가 담겼다.

*　　　*　　　*

블루는 햇살이 부딪히는 해변을 바라보며 히죽 입꼬리를 말아 올렸다.

"이유야 어찌 되었든 아름다운 내 땅을 망가트린 죄는 크지."

블루는 해변을 향해 상그리아 잔을 내밀었다.

"레드와 함께 죽을, 아시아에서 넘어온 그대를 위해. 건배."

*　　　*　　　*

영국 런던.

어느 한식당,

탁—

빈 소주잔이 탁자 위를 때렸다.

"크으—."

박현은 쓴맛을 온몸으로 표현하며 보글보글 끓는 부대찌
개 국물을 한 입 떠먹었다.

"괜찮은가?"

그 앞에 앉아 있는 투룰은 수저에 손도 안 대고 있었다.

"칼칼함이 덜해 아쉽기는 하지만, 상당히 맛있네요. 요
즘 새로운 한류가 음식이라고 하더니. 사장이 한국 사람이
라 그런가?"

"괜찮은가 물었네."

투룰이 걱정 어린 목소리로 물었다.

"안 괜찮을 건 또 뭡니까?"

박현은 씨익 웃으며 소주잔을 채워 단숨에 비워냈다.

"분명 블루는 자네를 이용만 하고 버릴 참이야."

"본인 역시 그리 생각합니다."

"더욱이 화이트랑 이야기도 어그러졌다 하지 않았나?"

박현은 쓴웃음을 살짝 지었다.

"순간 욱해서 조금 선을 넘기는 했었죠."

"순간 욱해서가 아닌 듯싶어서 묻는 거네."

투룰은 어이없다는 듯 박현을 쳐다보았다.

노골적으로 블루를 죽이라고 윽박지른 것이 순간의 실수
라고 보기에는 과하기 그지없었다.

"그래서 이제 어쩔 참인가?"

"적의 적은 나의 아군이다."

"……?"

투룰이 의뭉스러운 눈빛을 띨 때쯤이었다.

딸랑—

한식당 문에서 종이 울리며 한 여인이 안으로 들어왔다.

레드였다.

그녀는 코끝에서 풍기는 매운 향에 손부채질을 하며 식당 안을 살폈다.

"여기."

박현이 손을 들어 레드를 불렀다.

눈살을 찌푸린 레드는 박현을 보자 테이블로 다가와 빈의자에 앉았다.

"왜 여기서……."

"여기가 어때서?"

박현은 스팸 한 조각을 입으로 가져가며 물었다.

"이런 싸구려……."

"이야, 영국이 지금 음식을 가지고 가타부타 말을 하는 건가?"

"그……."

레드는 순간 발끈하려 했지만, 이내 입을 꾹 닫았다.

하긴 영국 음식으로 자랑할 거라고는 피쉬 앤 칩스뿐이

었으니까. 아니 인도에서 넘어온 커리를 자국 음식이라 주장하는 이들도 있었을뿐더러.

사실 그것만이면 말을 안 하겠다.

세계의 세계화에 수많은 나라들의 음식이 영국으로 넘어갔지만, 어찌 된 것이 영국인들의 손에 닿으면 하나같이 맛이 이상해지는 신비한 경험을 할 수 있었으니.

그렇기에 레드도. 프랑스와 이탈리아 요리사를 궁정 요리사로 두고 있지 않은가.

물론 그녀가 좋아하는 음식 또한 프랑스와 이탈리아 정찬이었다.

박현은 소주잔을 레드에게 건넸다.

"뭐지?"

"소주."

"소주?"

"한국 국민 술. 물 탄 보드카라고 생각해."

레드는 께름칙한 눈으로 술잔에 찰랑거리는 맑은 소주를 쳐다보았다.

"일단 한 잔 하지."

박현은 레드의 술잔에 술잔을 부딪힌 후, 시원하게 마셨다.

"크."

기분 좋은 소리와 함께, 계란말이를 먹었다.

레드는 박현의 반응에 조금 머뭇거리다가 소주를 입으로 가져갔다.

"음."

생각보다 나쁘지 않은 모양이었다.

"싸구려 단맛이 생각보다 거슬리지 않군."

"서민 술이 다 그렇지."

박현은 그녀의 앞 접시에 부대찌개를 덜어주었다.

의외로 레드는 곧잘 음식을 먹었다.

"그런데, 이거 밥이야? 술이야?"

"반주라고 하지."

"반주?"

"밥하고 같이 먹는 술. 지금은 술이 60, 밥이 40."

"재미난 문화네."

레드는 투명한 소주잔을 눈앞에 들고 바라보았다.

"음식과 와인의 궁합을 마리아주(Mariage)라고 하지? 그거랑 같아 보면 돼. 와인이 메인이면 술자리고, 음식이 메인이면 식사 자리지."

"흠."

레드는 소주를 마시고, 햄을 국물과 함께 떠먹었다.

"낯설지만 익숙한…… 확실히 음식이 재미있어."

그렇게 몇 순배가 돌았다.

"단순히 음식 소개해주려고 나를 부른 건 아닐 테고."

적당히 배를 채우자 레드가 본론으로 들어갔다.

"블루."

짧은 그 말 한 마디에 레드의 미간이 좁아졌다.

날카로운 눈매로 박현을 노려보며 소주잔을 들었다.

"대충은 알지 않아?"

"대충이지. 그래서 이렇게 온 거고."

탁—

레드는 빈 소주잔을 테이블 위에 내려놓으며 박현을 쳐다보았다.

"그래서 하고 싶은 말은?"

"원래는 블루를 통해 너를 죽일까 했지."

박현은 레드의 빈 잔을 채웠다.

"너 때문이었군. 블루가 앞뒤 가리지 않고 날뛴 게."

레드는 소주를 다시 비웠다.

박현은 그 잔을 다시 채워주었다.

"그래서?"

"그런데 날뛰어도 너무 날뛰어서 말이야."

"원래 프랑스 놈들이 다 그렇지."

레드는 다리를 꼬며 턱을 슬쩍 들어올렸다.

"그래서 원하는 게 뭐지?"

레드는 의자에 삐딱하게 앉으며 물었다.

"블루를 죽일까 하는데. 어때?"

"흐응."

레드는 묘한 콧소리를 냈다.

"나를 죽이겠다고 짝짜꿍해놓고, 이제 와서 블루를 죽이 겠다?"

레드의 목소리에 스산함이 담겼다.

탁탁―

박현이 빈 소주잔으로 탁자를 두어 번 내려쳤다.

"말은 똑바로 해. 시작은 너였어."

"난 널 죽일 생각이 없었는데."

"생각만 없었겠지."

박현도 시퍼런 눈으로 레드를 쳐다보았다.

"내 말이 틀렸나?"

"아니."

레드는 쿨하게 대답했다.

"그럼 퉁치자고. 어차피 우리가 알콩달콩 살 부딪히며 살 사이도 아니잖아."

"호호호호호."

그 말에 레드는 목젖이 보일 정도로 시원하게 웃음을 터트렸다.

"그런데 꼭 블루를 죽일 필요가 있을까?"

"그러면?"

"그냥 서열 정리 정도만으로도 난 만족하는데."

레드는 소주잔을 들어 박현의 눈앞에서 흔들었다.

"어차피 자신만 똑똑하다 여기는 전형적인 프랑스 놈이라, 다루기도 편하거든."

죽이지 않고, 철저하게 발아래에 두고 싶다는 말.

"어떻게 생각해?"

레드는 좀 더 소주잔을 크게 흔들었다.

"흠."

박현은 몸을 뒤로 젖혀 등받이에 기대며 레드를 쳐다보았다.

"이러니 블루가 널 죽이고 싶어하는구만."

"호호호호."

"좋아. 유럽에 내 꼬봉 하나 있으면 편하겠지."

"꼬봉?"

"기사가 데리고 다니는 종자 정도로 생각하면 돼."

"호호호호호호!"

레드의 웃음이 더욱 커졌다.

"그리고 하나 더."

"……?"

"화이트."

"화이트?"

레드가 의아한 눈빛을 띠었다.

"아무 생각 없이 사는 애인데 왜?"

레드가 고개를 갸웃거리며 물었다.

"혹시……."

레드가 야릇한 미소를 지었다.

"그런 건 아니야. 다만 콧대가 너무 높아서 겸사겸사 눌러주려고."

"하긴, 그 애는 한 번 눌러주면 편하긴 하지."

레드는 이미 경험했다는 듯 말했다.

"딱히 도와달라는 건 아니야. 그냥 모른 척만 해. 다른 놈들이 끼어들지 못하게 적당히 가림막도 좀 쳐주고."

박현이 술잔을 들어올렸다.

"블랙은 막아줄 수 있지만, 옐로우는 안 돼."

레드가 소주잔을 부딪혀 왔다.

챙—

"……?"

박현은 소주잔을 들이켜며 레드를 쳐다보았다.

"나도 감당이 안 되는 게 옐로우야."

"흠."

별로 말이 없고, 태도나 목소리나 매우 부드럽고 신사적으로 보였던 옐로우.

"아니 나나, 블랙, 블루도 감당하지 못하는 녀석이지. 양의 탈을 쓴 늑대라고나 할까?"

레드의 목소리가 낮아졌다.

"진짜 폭군은 우리가 아니라 그 녀석이지. 식민지의 시대를 열고, 황금을 긁어모아 자신의 레어를 황금빛으로 채운. 조심해."

레드가 윙크를 하며 경고를 날렸다.

"옐로우……."

박현은 자신을 주시하던 그의 눈빛을 떠올렸다.

'재미있군.'

박현은 소주잔을 털어내며 눈빛을 가라앉혔다.

"대신."

레드의 목소리가 박현의 짧았던 상념을 깨트렸다.

"홍콩과 마카오, 거기에 상해는 내 거야."

그녀는 가감 없이 욕심을 드러냈다.

"좋아."

"아!"

레드가 무언가 떠오른 듯 말을 덧붙였다.

"대만."

"대만?"

"그건 우리 달링에게 주고."

"달링이면……."

"불새, 피닉스."

레드가 진한 웃음을 지었다.

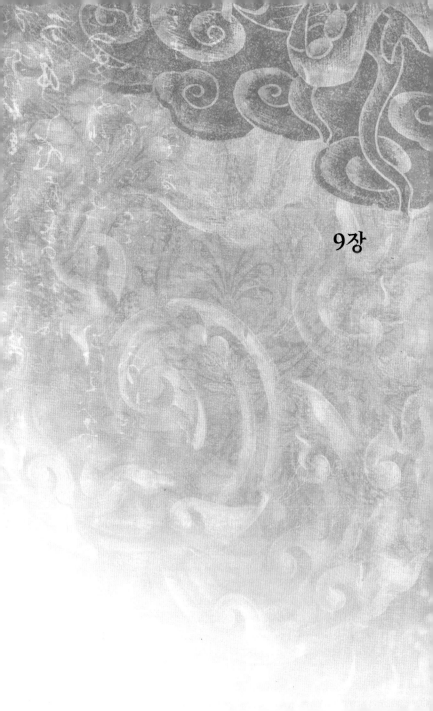

9장

"주인님."

개인 극장으로 꾸며진 방에서 반쯤 누워 영화를 보고 있던 피닉스, 알렉스에게 집사장이 찾아왔다.

틱—

피닉스는 리모컨으로 영화를 멈춘 후 그를 올려다보았다.

"무슨 일이지?"

"영국의 여황에게서 한번 건너오시라는 전언입니다."

"왕? 황?"

"황입니다."

"내 사랑이면서 나를 지독히도 괴롭히는 그 여우?"

농 아닌 농에 집사장은 아무런 표현도 하지 않았다.

그저 묵묵히 피닉스의 답을 기다릴 뿐이었다.

"달링이 직통이 아닌 너를 통했다는 건 나름 공식적인 일이라는 건데."

"소개해 드릴 이가 있다 합니다."

"소개?"

피닉스가 눈을 동그랗게 떴다.

"하하, 하하하."

그러더니 웃음을 터트렸다.

"이 앙큼하게 사랑스런 달링을 봤나."

피닉스는 그 자리에서 훌쩍 몸을 뛰어 자리에 섰다.

*   *   *

"지, 진짜 괜찮겠나?"

투룰이 떨리는 목소리로 물었다.

"안 될 건 또 뭡니까?"

박현이 물어 뭐하냐는 듯 대답했다.

"하지만."

투룰은 불안한 듯 망설임이 가득한 눈치였다.

"형님."

박현은 진지한 목소리로 투룰을 불렀다.

"말하게."

"이쪽저쪽 눈치를 보면 이것도 저것도 할 수 없습니다."

"……."

투룰은 아무 말이 없었다.

평생 이리 치이고, 저리 치이는 아버지의 모습을 보며 자라났고, 그가 자리를 물려받았을 때에도 그와 별반 다르지 않았으리라.

나약함의 콤플렉스가 마음 깊숙한 곳에 자리 잡은 터라, 떨쳐내기가 그리 쉽지 않은 모양이었다.

"그리고 마음을 먹었으면 확실하게 나가는 게 좋다 생각합니다."

"하지만……."

"블루, 아니면 레드. 둘은 부딪힐 수밖에 없습니다."

"그렇지."

이미 둘은 돌이킬 수 없는 강을 건넜다.

"그리고 우리는 둘 중 하나와 손을 잡을 수밖에 없구요."

이어진 말에 투룰은 고개를 끄덕였다.

"우리는 돌아갈 수 없는 강을 이미 건넜습니다. 다만 어느 다리를 건너느냐는 거죠."

"흠."

투룰은 깊은 침음을 내뱉었다.

"형님."

"말하게."

"어차피 건널 다리입니다. 건널 거라면 확실하게 다리를 끊는 게 좋습니다."

"그게 피닉스로군."

투룰의 말에 박현이 고개를 끄덕였다.

"흡, 후우—."

투룰은 무릎을 탁 치며 크게 심호흡을 내뱉었다.

"그래, 해보자."

투룰은 결의에 찬 눈으로 박현을 쳐다보았다.

*   *   *

"그러니까, 오늘 저녁 레드와 저녁 식사를 갖는다고?"

블루는 거만한 눈으로 투룰을 쳐다보았다.

"그렇소."

"흠."

블루는 손가락으로 턱을 슬슬 긁었다.

"둘이?"

"나까지 셋이오."

"셋이라."

블루는 눈을 가늘게 뜨며 투룰을 쳐다보았다.

"혹여 딴생각을 하는 건 아니겠지?"

그에 투룰은 쓴웃음을 지었다.

"하긴."

그 웃음에 블루의 미소가 비릿해졌다.

"투룰."

"말씀하시오."

"이제부터 나만 따라와. 내 너의 뒤를 든든하게 받쳐주지."

"감사하오."

투룰은 고개를 숙여 감사를 표했다.

"그리고, 그 녀석."

"……?"

"그에게도 확실하게 말해줘. 홍콩, 마카오는 내 것이라고. 알겠나?"

블루는 윽박지르듯 강요했다.

"그건 걱정 마시오."

"그러기를 바라네."

"……?"

"혹여 딴 마음을 먹었다가, 다시 동아시아가 맛좋은 먹잇감으로 되돌아갈까⋯⋯, 걱정이 들어서 말이야."

블루의 오만한 미소에 투룰은 안색을 굳히며 자리에서 일어났다.

"그럼 저녁에 뵙겠소."

"그 뻣뻣함만 없으면 참 좋은데⋯⋯."

블루는 중얼거리듯 말하며 그만 가보라고 손을 휘휘 저었다.

투룰은 그 말에 얼굴을 굳히며 고개를 숙였다.

투룰이 나가고.

"앞으로 데리고 다니려면 조만간 저 뻣뻣함을 없애줘야겠어."

블루는 재미난 장난감을 떠올리듯 투룰을 머릿속에 그리며 씨익 웃음을 지었다.

"참으로 재미난 하루가 되겠어."

블루는 손을 뻗어 시가를 입에 물었다.

*　　　*　　　*

영국을 대표하는 최고급 차.

레드가 보내준 롤스로이X 차량이 매끄럽게 런던 외각으로 빠졌다.

"좋긴 좋군."

박현은 시트를 손으로 툭 치며 편안하게 몸을 기댔다.

"그나저나 표정이 안 좋습니다."

투룰의 딱딱한 표정을 쳐다보았다.

"블루 때문입니까?"

물음에 투룰은 쓴웃음을 지으며 고개를 끄덕였다.

"이상하게 열이 식지 않는군."

투룰은 등받이에 목을 젖혀 기대며 멍하니 차량 천장을 쳐다보았다.

"수백 년이나 감당해온 것인데 말이야."

"저는 왜 그런지 알 것 같습니다."

그 말에 투룰은 고개만 돌려 박현을 쳐다보았다.

"나도 알고 있네."

이번 일이 잘 풀리면 블루와의 관계가 뒤바뀐다.

그 흥분은 오히려 지금까지 억눌렸던 감정을 폭발시키는 계기가 된 것이었다.

박현은 손을 뻗어 투룰의 손을 꾹 잡아주었다.

"조금만 참으세요. 조금만."

"그래, 조금만."

박현은 투룰의 손등을 손바닥으로 툭툭 치며 다시 시트에 몸을 파묻었다.

"훗."

박현은 백미러를 통해 운전기사와 눈이 살짝 마주치자 가볍게 웃음을 보였다.

모르긴 몰라도, 지금의 대화가 레드의 귀에 들어갈 게 뻔했기 때문이었다.

박현은 도착을 기다리며 조용히 눈을 감았다.

한참을 달려 롤스로이X는 고궁으로 들어섰다.

"어서 오십시오."

집사가 공손하게 차문을 열며 환영의 인사를 건넸다.

"고맙습니다."

박현은 차에서 내린 후, 그의 안내에 따라 응접실에 들어섰다.

그곳에는 격식을 맞춰 드레스를 입은 레드와, 좀 더 자유분방하게 세미 정장을 입은 사내가 홍차를 마시고 있었다.

응접실에 들어서자 금발의 사내는 찻잔을 내려놓으며 박현을 빤히 쳐다보았다.

'피닉스.'

박현은 그에게서 뜨거운 불의 느낌을 받았다.

박현이 피닉스에게 다가가자, 그도 자리에서 일어나 박현을 맞이했다.

"그대가 삼족오인가?"

피닉스는 큼지막한 손을 내밀었다.

"피닉스?"

박현은 피닉스의 손을 맞잡았다.

"알렉스라고 불러주게."

"박현."

맞잡은 둘의 손은 서서히 핏기가 사라지기 시작했다.

서로가 손아귀에 힘을 바싹 주었기 때문이었다.

"언제까지 악수를 할 거야?"

레드가 둘의 신경전에 끼어들었다.

"유치한 건 알지?"

레드의 핀잔에 피닉스는 어깨를 으쓱하며, 박현은 씨익 웃으며 맞잡은 손을 놓았다.

"원래 사나이들은 유치한 법이지."

피닉스는 레드에게 그리 말한 후 박현을 쳐다보았다.

"그렇게 살아가지."

박현이 동의하자.

"봤지?"

피닉스는 으스대듯 다시 레드에게 말했다.

"쯧쯧쯧."

그에 레드는 혀를 차며 고개를 절레절레 저었다.

가볍게 인사를 주고받은 후, 넷은 자리를 잡고 앉았다.

"가볍게 차 한 잔 마신 후에 저녁을 먹으러 가도록 하지."

레드의 말에 궁녀가 홍차를 내왔다.

"내 돌아가면 CIA에 한 소리 해야겠어."

피닉스가 박현을 보며 말했다.

"진정한 주인을 알아보지 못하고, 엄한 곳에 친서를 보냈으니."

"용왕?"

박현의 물음에 피닉스가 고개를 끄덕였다.

"한반도의 주인은 용왕이 맞아."

"정확히는 남한이겠지."

"그 말도 맞지."

"하지만 내가 친분을 쌓고자 한 이는 한반도 전체의 주인이었어."

"그렇군."

"이렇게 만났으니 참으로 좋군."

박현은 그 말에 그저 담담히 차를 들었다.

"궁금한 것도 많고, 앞으로 논의할 것도……."

말을 하던 피닉스가 얼굴의 미간을 좁혔다.

"달링? 혹시 초대받은 이가 또 있나?"

"없어."

레드도 눈가를 찌푸리며 대답했다.

당연히 레드와 피닉스의 시선이 박현에게로 향했다.

"블루일 것 같군."

박현은 찻잔을 내려놓으며 말했다.

"블루?"

피닉스는 눈가를 찌푸렸고.

"설마?"

"맞아."

박현은 웃었다.

"너!"

레드의 눈에 쌍심지가 켜졌다.

"그리 볼 것 없어. 어차피 거쳐야 할 관문이 아닌가?"

박현은 피닉스를 일견하며 말을 이어갔다.

"이렇게 발을 맞춰가 보는 것도 나쁘지 않지 않나?"

박현은 피닉스와 눈을 마주쳤다.

그리고 피하지 않았다.

　　　　　*　　　　*　　　　*

블루가 온다.

"너!"
레드의 눈썹이 사납게 휘어졌다.
박현을 노려보는 눈빛 또한 눈썹만큼 사납기 그지없었
다.
"왜?"
박현은 천연덕스럽게 그녀의 눈빛을 흘렸다.
"이!"
레드는 몸을 떨며 겨우 화를 참는 모습이었다.
"무슨 문제라도 있나?"
"지금 그를 부르면 어쩌자는 거야?"
레드는 목소리를 꾹꾹 눌렀다.
"안 될 건 또 뭐지?"
박현이 되레 물었다.
"혹여, 그대의 연인 때문인가?"
박현이 피닉스를 짧게 일견하며 물었다.
"……."
정곡을 찔린 듯 레드는 아무 말이 없었다.

"본인은 괜찮고, 연인은 안 된다?"

"그게 아니다."

레드는 목소리는 딱딱했다.

"알렉스는 나의 연인이기 전에, 북아메리카의 지배자야."

"그래서?"

"미국이 세계의 경찰이자 군대인 것처럼, 그 역시 왕 중의 왕이란 소리지."

레드의 말에 박현이 팔짱을 꼈다.

"그래서?"

"너도 그에 대해 자유롭지 않을 텐데."

레드가 노골적으로 입꼬리를 말아올렸다.

"본인이?"

박현이 몰랐다는 듯 눈을 동그랗게 뜨며 레드를 쳐다보았다.

"한반도도 그의 영향력 아래에 있어. 일본도 그러하고."

"그렇군."

박현은 이제 알겠다는 듯 고개를 끄덕였다.

"그런데 그게 본인과 무슨 상관이지?"

박현이 되물었다.

"그야……."

레드가 말을 하려다가 입을 꾹 닫았다.

그만 잊고 있었다.

눈앞의 동아시아의 지배자는 옐로우처럼 자신의 땅을 한 줌도 가지고 있지 않음을.

가진 게 없으니 잃을 게 없다.

그가 가진 것은 오직 하나.

동아시아에서의 막강한 영향력.

단지 그거 하나뿐이었다.

툭툭—

박현은 주먹으로 탁자를 두어 번 내려쳐 레드의 시선을 당겼다. 그 후 레드를 지그시 바라보며 입을 열었다.

"우리 한 배에 탄 거 아니었나?"

박현이 목소리를 낮게 깔며 물었다.

"……."

레드는 대답 대신 입술을 슬쩍 깨물었다.

"본인의 희생만 강요하는 버릇은 안 좋아. 본인이 올려 놓은 무게만큼 그대도 반대편에 올려야지."

"그게 알렉스라고?"

레드는 으르렁거리듯 되물었다.

"올려놓기 싫으면 다시 내리든가."

박현은 식은 홍차를 한 모금 마셨다.

"똑딱— 똑딱— 똑딱."

박현은 시계 소리를 냈다.

"……?"

"……?"

그 소리를 이해하지 못한 레드와 피닉스가 일순간이지만 의아한 표정을 지었다.

"틱톡— 틱톡— 한국의 의성어지."

박현은 친절하게 영미식 의성어로 바꿔 설명해줬다.

"그리고 마지막으로. 선택은 그대가 하는 것이야."

박현이 씨익 웃으며 찻잔을 탁자 위에 내려놓았다.

탁—

동시에.

파당— 파르르르.

눈 부신 햇살을 넓게 품었던 커다란 창문이 폭풍에라도 휩쓸려 부서질 듯 벌컥 열렸다. 이어 창문이 깨질 듯 요동쳤다.

그리고 활짝 열린 창문 너머로 짙은 검은 그림자가 드리웠다.

블루.

레드는 눈살을 찌푸리며 블루를 올려다보았다.

그러더니 박현을 짧게 노려보았다.

그에 박현은 어깨를 으쓱 들어 보인 후 천천히 자리에서 일어났다. 그리고는 블루 쪽으로 걸어갔다.

블루 쪽에 선 박현은 레드를 바라보며 입을 벌렸다.

'틱톡— 틱톡— 틱톡—.'

그리고 소리 없이 입을 벙긋거렸다.

"뭘 그렇게 인상을 찌푸리고 그러나?"

블루는 레드가 잔뜩 인상을 찌푸린 것이 자신 때문이라고 착각을 하며 여유롭게 응접실로 날아 들어왔다.

"또 보는군."

블루는 자신과 레드 중간쯤 서 있는 투룰과 눈인사를 나눈 후 다시 레드를 쳐다보는데.

"……."

블루의 눈두덩이가 꿈틀거렸다.

바로 피닉스 때문이었다.

"오랜만이군."

레드에 가려져 보이지 않던 피닉스가 얼굴을 마주치자 손을 가볍게 흔들며 인사를 건네 왔다.

"어떻게 된 거지?"

블루가 이빨을 꽉 깨물며 박현에게 물었다.

그 물음에 박현은 대답 대신 레드를 쳐다보았다.

"휴우— ."

결국 레드는 한숨을 푹 내쉬었다.

굴복.

아니 어쩔 수 없는 승복에 가까웠다.

박현은 입꼬리를 말아 올리며 피닉스를 쳐다보았다.

"대만."

"약속하지."

피닉스의 제안을 박현은 일말의 망설임 없이 받았다.

"뭐 조금 손해 보는 느낌이지만."

피닉스는 자리에서 훌쩍 뛰듯 일어섰다.

"나름 재미있어 보이니까. 우리 달링의 체면도 있고 말이야."

"뭐지?"

상황이 이상하게 돌아가자 블루는 으르렁거리듯 박현에게 물었다.

박현은 걸음을 옮겨 블루의 뒤를 막아섰다.

"뭘까?"

박현이 블루를 보며 하얀 이를 드러냈다.

"……!"

무언가 심상치 않음을 느낀 블루는 눈가를 일그러트렸다.

"그러게 선을 적당히 지켰어야지."

레드.

"뭐?"

그에 블루는 신경질적으로 반문했다.

"그러게 왜 잡고 있는 손을 놓는 것으로도 모자라 자르려고 그래?"

레드는 불난 집에 부채질 정도가 아니라 기름을 확 부어버렸다.

"그러니 칼끝이 돌아서지."

레드는 블루의 오른편에 자리를 잡았다.

"그래서……."

레드는 환하게 웃었다.

"너무 고마워."

화르르르륵!

레드의 주변으로 뜨거운 불길이 피어올랐다.

까드득.

블루는 이를 갈며 시선을 옮겼다.

앞에는 피닉스가 빼딱하게 서 있었고, 우측에는 레드가, 좌측에는 투룰이, 그리고 뒤에는 박현이 자리하고 있었다.

"피닉스."

블루가 피닉스를 향해 눈을 부라렸다.

"이게 어떤 파장을 가져올지 아는가?"

"글쎄."

피닉스는 능글맞은 표정을 지었다.

"그런데 그건 알지."

하지만 뒷말과 함께 표정이 싸늘하게 바뀌었다.

"어떤 파장이든 나는 감당할 수 있다는 걸."

피닉스는 기세를 발현하며 블루를 향해 한 걸음 다가갔다.

"그리고 나는, 그 누구라도 내게 이래라저래라 하는 걸 싫어하지."

피닉스의 기세에 블루가 저도 모르게 뒷걸음을 치며 우측으로 몸을 돌렸다.

하지만 그곳에는 뜨거운 불길, 레드가 가로막고 있었다.

당연히 블루는 그 반대편으로 몸을 틀었다.

하지만 그곳에는 투룰이 있었다.

'감히 네까짓 게!'

블루는 투룰을 향해 눈을 부라렸다.

그 눈빛에 투룰의 마음 속에서 평생의 각인이 튀어나와 순간 몸을 움찔거렸다.

그러자 블루는 물의 기운을 일으켜 투룰의 몸을 묵직하게 눌러 갔다.

"흐."

투룰은 그 기운에 대항하려 했지만, 상당히 맥이 빠져 있었다.

후아아악—

그렇게 반쯤은 강제로 몸이 웅크려지자, 부드러운 기운이 뻗어와 투룰의 몸을 부드럽고 따뜻하게 감쌌다.

'......!'

투룰의 시선이 박현에게로 향했다.

그에게서 뻗어온 기운은 자신에게는 든든한 방패가 되어 블루의 기운을 막아주었다.

그렇게 막아선 박현의 기운은 노도의 해일처럼 블루를 덮쳐갔다.

"큽!"

박현의 기운이 오히려 자신의 기운을 넘어 엄습해오자 블루는 뛰어나오려는 신음을 겨우 참으며 두 다리에 힘을 줘 버텼다.

"까드득."

블루는 고개를 돌려 박현을 향해 이를 갈았다.

"너 이 새끼……."

그리고는 적잖은 분노를 표출했다.

"이해가 안 되는군."

박현은 블루를 향해 다가섰다.

"왜 본인을 탓하지?"

말은 그랬지만, 박현의 미소는 비릿하기 짝이 없었다.

"이 일의 원인이 본인이 아닌 그대에게 있는데."

박현은 블루를 향해 얼굴을 들이밀었다.

"감히 미천한 놈이."

블루는 머리로 박현의 이마를 밀며 으르렁거렸다.

"너는 내가 죽인다."

"네가? 본인을?"

박현이 그 말에 대해 비웃음을 내보이자.

쏴아아아—

블루 주변으로 물줄기가 튀어나오더니.

퍼벙!

폭탄이 터지듯 터지며 박현을 덮쳤다.

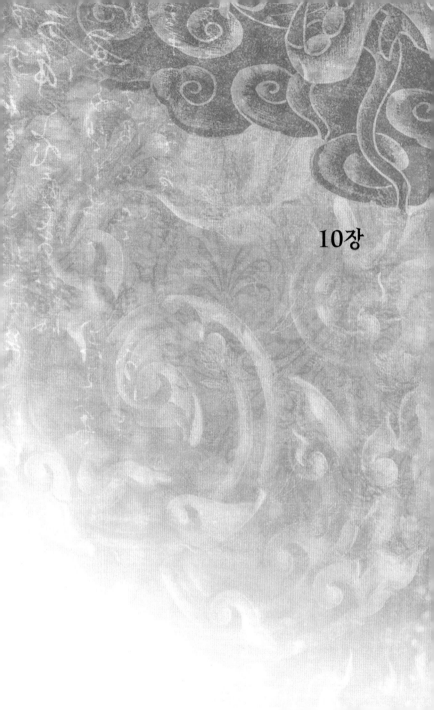

10장

블루의 뒤에서 물의 장막이 파도처럼 일어났다.

그 크기는 사람의 키를 훌쩍 뛰어넘을 정도로 상당히 컸고, 위압적이었다.

"죽어라, 냄새나는 원숭이야."

블루는 기습적으로 일으킨 물의 장막을 박현에게로 쏟아부었다.

쏴아아아아—

물의 장막은 파도 소리를 일으키며 박현을 단숨에 집어삼켰다.

일견 보이게는 그저 파도로 보이겠지만, 마치 잔가시를 품은 선인장의 잎처럼 박현을 덮쳐가는 파도의 면면에 날카로운 물의 가시들이 삐죽삐죽 튀어나와 있었다.

그렇게 가시를 품은 파도는 박현을 갈가리 찢어버릴 요량으로 그를 집어삼켰다.

"크크크크!"

블루는 고개를 돌려 레드, 피닉스, 그리고 마지막으로 투룰을 훑어보았다.

레드와 피닉스는 일단 관망하는 모습이었다.

투룰은 일견 반항하는 모습이었지만, 어디까지나 겉으로만 기세 좋을 뿐.

겁을 먹고 꼬리를 말은 똥개처럼 속으로 '낑낑'거릴 뿐이었다.

바크인가 뭔가, 냄새나는 동양 원숭이만 죽이면 이 싸움은 해볼 만하다.

투룰 놈은 애초에 덤빌 깜냥이 안 되는 놈이고, 피닉스는 상황에 따라 다르지만 애써 부담을 짊어지지는 않을 것이다.

레드.

그렇다면 남은 문제는 단 하나, 그녀뿐이었다.

블루는 고개를 틀어 레드와 눈을 마주했다.

그녀는 자신과의 눈싸움에서 피하지 않았지만, 눈가에 깊은 주름이 패여 있었다.

'마음에 안 들지만, 한 번 숙여줘야겠군.'

일단 물러날 생각이었다.

'까득.'

그리고 소리 죽여 이를 갈았다.

'언젠간······.'

블루는 레드를 노려보았다.

"······!"

고깃덩이를 다지는 믹서기처럼 박현의 몸을 휘감던 물의 파도가 갑자기 뒤틀렸다.

이질적인 기운이 자신의 기운에 파고들자 블루는 눈을 부릅뜨며 고개를 돌렸다.

화아아아아아—

용오름처럼 맹렬하게 도는 파도 위로 엄청난 양의 수증기가 피어오르고 있었다.

한순간 응접실이 자욱해지자, 레드는 손짓으로 나머지 창문을 활짝 여는 동시에 뜨거운 열기를 퍼뜨려 안개처럼 자욱한 수증기를 말끔히 날려버렸다.

쏴아아아아아—

그 와중에도 파도의 물기둥 위로 어마어마한 수증기가 뿜어져 나오고 있었다.

마치 불투명한 유리 안에서 빛나는 랜턴처럼, 물기둥 안에서 밝은 빛이 빛나고 있었다.

빛.

곧 태양.

'태양의 신이라고 했던가?'

레드는 삼족오의 원천을 떠올렸다.

빛은 곧 불이리라.

불 역시 곧 빛이었다.

완벽히 어울리는 기운이었다.

하지만.

빛이 우위일까, 불이 우위일까.

상성이 한번 삐끗하는 순간, 그 차이는 결코 좁혀지지 않을 것이 분명했다.

레드는 입술을 지그시 깨물며 피닉스를 흘깃 쳐다보았다.

피닉스, 그도 딱딱한 표정으로 박현을 쳐다보고 있었다.

피닉스.

그의 심정도 레드와 그다지 다르지 않았다.

불에서 태어나, 불로 자라온 피닉스.

빛과 불.

무엇이 근원인지는 모른다.

어쩌면 아닐 수도 있다.

그저 닮음 것일 뿐인지도.

어쨌든.

비슷하다는 건, 닮았다는 건.

더할 나위 없이 어울릴 수 있지만, 한편으로 물과 기름보다 더 강하게 반발하고 부딪힐 수도 있다는 뜻이었다.

《어쩔 거야?》

레드의 텔레파시 보이스가 들려왔다.

《뭘?》

《삼족오.》

레드가 딱 잘라 말했다.

《뭐?》

《뭐어?》

레드가 말꼬리를 잡고 늘어졌다.

《…….》

《지금 뭐라고 했어?》

레드의 눈초리가 또 하늘 높이 솟아올랐다.

《또 왜?》

피닉스는 한숨을 푹 내쉬었다.

그녀의 모든 게 익숙하지만, 여전히 익숙해지지 않는 것이 저 불같이 변하는 감정이었다.

《만약 적이 될 거 같으면 지금이야.》

《그래서 단순히 죽이자고?》

《말이 그렇다는 거야. 그래서 지금 네 의견을 묻잖아.》

레드의 목소리가 날카롭게 변했다.

《유보.》

피닉스는 판단을 미뤘다.

《왜?》

《왜라니?》

피닉스는 황당하다는 듯 레드를 쳐다보았다.

《내가 지금 이유를 묻잖아.》

《이유야 당연한 거 아니야.》

《그러니까 그 이유! 이유!》

피닉스는 한숨을 속으로 삼켰다.

지금 그녀의 속을 긁어봐야 좋을 것이 하나 없다는 걸 경험으로 알고 있었기 때문이었다.

피닉스는 최대한 부드러운 목소리로 그녀에게 말했다.

《너와 나를 생각해 봐.》

《우리가 왜?》

레드의 목소리가 살짝 누그러졌다.

《처음 만났을 때 어땠어?》

《그야…….》

그야 뭘 어쨌기는.

레드는 자신을 보자마자 죽이려 들었었다.

이유는 단 하나.

이 세상에 불에서 태어난 신은 오로지 자신 하나면 된다면서.

《뭐야?》

갑자기 레드의 목소리가 날카로워졌다.

《이제 와서 그때 일을 거론하는 건 뭐야?》

《…….》

《생각해보니 억울해? 그렇게 쪼잔하게 그때 일을 거론하며 꼭 사과를 받아야겠어?》

《아니 사과를 받겠다는 게 아니라…….》

《그러세요? 그러시는 분이 그때 일을 또 끄집어내시는구

나.》

레드는 상당히 목소리를 비꼬며 말했다.

《레드.》

《왜?》

팩 토라진 목소리.

《내가 잘못했다.》

《뭘?》

《……?》

《뭘 잘못했는데.》

결국 피닉스의 얼굴이 확 일그러졌다.

그렇게 끝이 날 것 같지 않은 다툼이 깨졌다.

콰과과과과광!

엄청난 폭음에 의해.

＊　　　＊　　　＊

콰과과과과광!

폭발의 후폭풍은 응접실을 완전히 휘저어버렸다.

찻잔과 탁자는 물론이요, 액자를 비롯한 잡다한 소품들까지 천장과 벽에 부딪히며 방 안을 폐허로 만들었다.

거기에 물폭탄까지 더해지니, 방 안은 완벽한 수해 현장처럼 변했다.

"어, 어찌……."

물을 흠뻑 뒤집어쓴 블루가 눈을 부릅뜬 채 박현을 쳐다보고 있었다.

얼마나 놀란 것인지 그의 눈동자는 파르르 요동치고 있었다.

엉망진창이 된 머리에서 물이 뚝뚝 흘러내려 얼굴을 뒤덮었지만 그것마저도 인지하지 못하는 표정이었다.

하지만 그것도 잠시.

블루의 얼굴이 서서히 일그러졌다.

자존심에 큰 상처가 났기 때문이리라.

찰랑— 찰파랑—

응접실에 고인 물들이 자맥질하듯 찰랑거렸다.

"죽인다!"

블루의 눈에서 시퍼런 푸른 안광이 터졌다.

출렁— 파르르르—

가벼운 찰랑거림이 좀 더 무겁게 변했다.

그 움직임이 더욱 가팔라지며 삐죽삐죽하게 솟아났다.

핑!

그렇게 물방울 하나가 하늘로 튀어올랐다.

핑— 핑—

한 방울이 두 방울이 되고…….

피비비빙!

수십 수백, 수천 방울이 허공을 튀어올랐다.

수천 개의 물방울은 마치 땅을 긁으며 당장이라도 튀어 나가고자 하는 개떼처럼 마구 요동치고 있었다.

"갈가리 찢어 죽여주마. 그리고 네놈의 땅도 아무도 살지 않을 죽음을 땅으로 만들어……."

블루가 이를 갈며 살기를 드러내는데.

"뭐가 이리 혀가 길어?"

박현이 피식 조소를 날렸다.

"냄새나는……."

블루가 다시금 노기를 터트리려는데.

후아아악!

박현의 몸 주변으로 황금색을 머금은 태양의 빛이 피어 났다.

팟!

그 빛은 소리 없이 터지며 수천 줄기의 빛이 되어 사방으로 흩어졌다.

퍽!

그 빛줄기에 닿은 물방울은 힘없이 터지며 사라졌다.

응당 보여야 할 수증기조차 없이, 완전히 메말라버렸다.

퍼벅! 퍼버버버벅!

밀물에 쓸려나가는 모래알처럼 사라졌다.

턱!

그것으로도 모자라 빛살이 블루에게로 뻗어나가자, 그는 두려움에 그만 뒤로 두어 걸음 물러나고 말았다.

"훗."

박현은 가볍게 웃으며 빛으로 그의 몸을 훑었다.

움찔!

블루는 몸을 웅크리며 몸을 떨었다.

하지만 그의 몸을 훑고 지나간 빛은 그저 따뜻했다.

마치 해변에 내리쬐는 햇살처럼, 그저 따스하기만 했다.

"뭘 그렇게 쫄고 그러나?"

블루가 눈을 뜨자 바로 앞에 박현이 서 있었다.

농락을 당한 것을 느끼자 블루는 걷잡을 수 없을 분노를 느꼈다.

"이 원숭이 새끼!"

블루는 몸을 부들부들 떨며 진신의 신력을 터트렸다.

그리고 푸른 빛무리에 휘감겼다.

인간의 모습을 유지시키는 폴리모프를 깨고 본체인 드래곤으로 돌아가기 위함이었다.

"어딜!"

축지를 밟아 거리를 좁힌 박현은 빛무리 안으로 손을 뻗어 넣었다.

그리고 블루의 목줄기를 움켜잡았다.

"껵!"

신음과 함께 환하게 커지는 푸른 빛 무리가 불안하게 출렁거렸다.

"이곳에 네 마음대로 들어올 수 있어도, 본인의 허락 없이 날뛰지는 못하지."

박현은 잡은 블루의 목 줄기를 쭉 잡아당겼다.

그에 빛무리 사이로 블루의 신형이 쑤욱 당겨져 나왔다.

폴리모프가 깨진 상태라 온전한 인간의 모습도, 그렇다고 드래곤의 모습도 아니었다.

마치 파충류의 껍질을 뒤집어쓴 듯한 모습이었다.

"너, 너 이 새끼."

블루는 박현의 팔목을 양손으로 움켜잡았다.

그의 손에서 벗어나기 위함이었다.

스으윽—

동시에 블루는 다시 인간의 모습으로 돌아가기 시작했다.

그에 블루는 다시 푸른 빛무리를 당겨왔다.

"과연 네 마음대로 될 수 있을까?"

박현은 블루의 목을 잡고 있는 손을 얼굴 앞으로 당겼다.

쿵!

그리고 이마를 맞대며 히죽 웃었다.

팡!

공기가 가볍게 터지며 환한 빛무리가 터졌다.

박현이 터트린 태양의 빛은 마법의 힘이 담긴 블루의 푸른 빛무리를 그대로 집어삼켰다.

마치 거대한 바다에 먹물 한 방울이 섞여 흔적도 없이 사라지는 것처럼, 푸른빛은 태양의 빛에 흔적 없이 사라졌다.

"네, 네까짓 것이 어, 어떻게……."

블루는 도저히 믿을 수 없다는 듯 박현을 쳐다보았다.

박현은 두려움에 젖은 그의 눈빛을 직시하며 목을 더욱 세게 틀어쥐었다.

"꺽!"

목줄이 끊어질 듯한 고통에 블루의 몸이 활대처럼 휘어졌다.

후악!

박현은 그의 몸을 휘감아 번쩍 든 후 바닥으로 내려찍었다.

콰앙!

"큭!"

박현은 바닥에 처박혔다가 다시 위로 튀어오르는 블루의
배를 발로 지그시 밟아 눌렀다.

"꺽!"

박현은 충격에 다시 한번 몸을 꺾는 블루를 내려다보며
조소를 내뱉었다.

"훗."

그런 후 고개를 들어 누군가를 찾았다.

박현의 시선은 레드를 거쳐, 피닉스에게로 닿았다.

"……?"

피닉스가 의아한 표정을 짓자, 박현은 마치 축구공을 패
스하듯 블루를 피닉스의 가슴을 향해 발로 걷어 집어던졌
다.

"함께해야지?"

박현이 얼떨결에 블루를 발 아래로 밟은 피닉스를 향해
하얀 이를 드러냈다.

*　　　*　　　*

"꺽!"

피닉스는 블루의 가슴을 발로 밟아 누르며 박현을 쳐다 보았다.

'이거 참.'

피닉스는 어이없는 웃음을 삼켰다.

돌아가는 상황이 얼떨결에 범죄 현장에 휩쓸렸다가, 주 범의 윽박에 공범이 되는 꼴이 아닌가.

이런 노골적인 협박이라니.

어이가 없으면서도 재미가 있었다.

자칭 신이자 우아한 귀족이라 여기는, 재미없는 유럽의 드래곤 놈들과는 달랐다.

그놈의 체면이 뭔지, 범절이 뭔지.

피닉스는 눈웃음을 그렸다.

찰나의 틈이라 여긴 것일까.

쇄아아아아—

블루의 몸에서 기친 물줄기가 흘러나와 뱀처럼 피닉스의 다리를 휘감았다.

"훗!"

피닉스는 어이없다는 듯 다리를 들어 블루의 무릎을 찍 어 눌렀다.

콰직!

"큽!"

고통에 블루의 눈이 부릅떠졌다.

동시에 피닉스의 다리를 휘감으며 기어오르던 물줄기 또한 흔들렸다.

하지만.

핏발이 선 채 블루는 여전히 피닉스를 올려다보았고, 흔들렸던 물줄기는 단숨에 튀어올라 피닉스의 목을 노렸다.

쐐애애액!

마치 뱀의 독니처럼.

그러자 뜨거운 열기가 물의 뱀을 훅 스치고 지나갔다.

꺄하악—

창음과 함께 붉은 독수리가 물의 뱀의 목을 낚아챘다.

날갯짓마다 불똥을 툭툭 떨어트리는 불의 독수리가 물의 뱀의 몸통을 찢어버렸다. 그 후 공중을 두어 바퀴 빙빙 돌며 블루를 노렸다.

'호오!'

그 광경을 박현은 턱을 쓰다듬으며 감탄했다.

자신의 권능을 동물로 구현한다.

'흥미롭군.'

박현은 피닉스와 블루의 싸움에서 한 걸음 뒤로 물러나 태양의 기운을 끌어올렸다.

그리고 머릿속으로 황금빛 삼족오를 떠올렸다.

꺄하아아악—

불을 머금은 독수리는 물의 뱀이 머리를 내밀 때마다 날카로운 발톱과 부리로 갈기갈기 찢었다.

사학— 사학— 사하아아악!

그러자 물줄기가 둘로 나눠지며 물의 뱀은 쌍두사가 되어 피닉스를 노려갔다.

그에 불의 독수리는 기다렸다는 듯이 둘로 갈라져 쌍두사의 머리를 낚아챘다.

치지직— 촤악!

쌍두사가 찢어지는 순간, 블루는 온전한 한 발로 땅을 밀어 피닉스에게서 벗어났다.

블루가 다시 거대한 물줄기를 일으키며 다시 자리에서 일어나려는데.

"레드?"

박현이 레드를 바라보며 턱으로 블루를 가리켰다.

"쳇!"

레드 역시 불의 기운을 내뿜으며 허공으로 날아올랐다.

그녀의 몸 뒤에서 뿜어져나온 불은 그물처럼 펼쳐져 블루의 몸을 덮었다.

치이이이익—

불의 그물망과 위로 솟구치려는 물이 서로 맞물리며 자욱한 수증기가 피어났다.

때에 따라 불 그물망이 물줄기를 죄기도 하고, 때로는 물줄기가 불 그물망을 밀어 올리는 등 비등비등한 힘 싸움이 만들어졌다.

좀처럼 우열이 가려지지 않자, 피닉스가 나서려 했다.

하지만 박현이 고개를 저었다.

"……?"

피닉스가 의아한 표정을 짓자, 박현은 투룰을 지그시 바라보았다.

'아하!'

피닉스는 아직까지 이 싸움에 끼어들지 않은 단 한 신.

투룰.

그를 보자 고개를 끄덕이며 뒤로 물러났다.

투룰은 긴장한 듯 손에 난 땀을 바지춤에 닦았다.

마음을 잡는 데 시간이 걸렸다.

박현은 인내심을 가지고 그를 기다려주었다.

하지만 그런 인내심이 없는 이가 하나 있었으니.

"뭐해!"

레드였다.

그녀의 외침에 투룰은 화들짝 놀랐다가 이내 입술을 지그시 깨물었다.

그리고는 블루를 노려보며 가슴에 손을 가져갔다.

스르르릉!

투룰은 가슴에서 검은 철로 이뤄진 검을 뽑아들었다.

일단 검을 뽑았지만, 트라우마 때문인지 선뜻 블루를 향해 검을 내밀지 못했다.

박현은 태양의 빛으로 그의 마음을 부드럽게 감싸주었다.

"……!"

투룰이 눈을 동그랗게 뜨며 박현을 쳐다보자, 박현은 묵묵히 고개를 끄덕여 주었다.

태양의 따사로움에 긴장이 어느 정도 풀리자, 투룰은 검자루를 억세게 틀어쥐며 검을 들었다.

파라라라랑!

검에 기운이 실리자 청명한 울림이 만들어졌다.

"흡!"

후우우우웅!

투룰이 신력을 끌어올리자 주변에 위치한 금속들이 파르르 울리기 시작했다.

서서히 그의 몸 주변으로 금빛 기운이 넘실거렸다.

그의 금빛 기운은 태양빛을 닮았지만, 태양의 빛은 아니었다.

금(金).

쇠의 기운이었다.

쿵!

투룰은 크게 발을 내디디며 금빛 기운을 터트렸다.

"하앗!"

그렇게 내려그어진 검.

그리고 반월의 금궤.

초승달처럼 그려진 금빛 궤적에 맞춰 수십 조각의 쇳조각이 총탄처럼 블루를 향해 쏘아졌다.

퍼버벅— 퍼벅!

기관총의 총알이 박히듯, 수십 조각의 쇳조각이 블루의 물줄기에 틀어박혔다.

그에 커다란 물줄기가 휘청였고, 레드의 불 그물망이 단숨에 블루를 완벽하게 뒤덮을 수 있었다.

쏴아아아아!

그렇게 수세에 몰렸지만 블루의 기운은 완전히 꺾이지는 않았다.

하지만 분명히 흔들렸다.

투룰의 눈빛이 반짝였다.

자신의 일검에, 자신의 공격이 먹힌 것이었다.

흥분이 일자 자연스럽게 손에 힘이 더욱 들어갔다.

쿠웅!

"흐압!"

그에 자신감을 담은 기합을 터트리며, 더욱 힘차게 발을 구르며 일검을 내질렀다.

쑤하아아아악!

자신감을 담은 검은 더욱 커졌고, 더욱 커진 검날의 크기만큼 반월의 검궤도 커졌다.

그리고 그에 담긴 기운도 당연히 커졌다.

수십에서 수백이 되어버린 쇳조각이 맹렬하게 블루의 물줄기를 때렸다.

퍽 퍽 퍽 퍽 퍼버버벅!

연신 이어지는 파상공세에, 하나의 흐름을 이어가야 하는 물줄기에 숭숭 구멍이 만들어지자 결국 끊어지고야 말았다.

쏴아이이이

그 틈을 레드는 놓치지 않고 파고들었다.

철퍼덕!

결국 물줄기는 바닥으로 툭 떨어지듯 쏟아져내리며 블루가 모습을 드러냈다.

화르르르륵!

그에 레드는 그물망을 더욱 좁혀 마치 새장처럼 블루를 완전히 가둬버렸다.

"후우—."

투룰은 깊게 숨을 내쉬며 검을 거둬들였다.

"올!"

피닉스가 엄지손가락을 들어 보였다.

그 모습에 투룰은 쓴웃음을 지으며 박현을 쳐다보았다.

박현은 피닉스와 달리 묵묵히 고개만 한 번 끄덕여 주었다.

투룰은 그제야 희미한 미소를 지었다.

싸늘한 시선이 느껴지자, 투룰은 자연스럽게 시선을 돌려 블루를 쳐다보았다.

섬뜩할 정도로 서늘한 눈빛에 투룰은 저도 모르게 움찔했지만, 이내 툴툴 털어버리며 가슴을 쭉 폈다.

챙—

동시에 거뒀던 검을 다시 털었다.

"흥!"

블루는 그런 투룰을 보며 같잖은 듯 실소를 터트렸다.

"기다려라, 언젠가 네 목은 내가 잘라줄 터이니."

블루의 협박 어린 말에 투룰은 이를 꽉 깨물었다.

그리고 천천히 입을 열었다.

"기다리리다."

"뭐?"

투룰이 대놓고 받아치자 블루는 당황한 듯 눈을 동그랗게 떴다.

"푸하하하하하하!"

그리고 피닉스가 크게 웃음을 터트렸다.

"마음에 들어. 아주 마음에 들어."

피닉스는 투룰 곁으로 다가가 어깨에 팔을 걸쳤다.

"이 새끼들이!"

블루는 이를 갈았지만, 오히려 미소는 점점 진해졌다.

동시에 그의 몸에서 푸른빛이 터졌다.

그 빛은 레드의 불의 그물망을 찢으며 사방으로 뿜어져 나갔다.

크르르르르!

그 빛 속에서 거대한 실루엣이 서서히 모습을 갖춰가고 있었다.

블루 드래곤.

그의 본신이었다.

"흠."

이번에는 그의 변신을 막지 않았다.

궁금했다.

유럽의 지배자이자 신.

드래곤의 진면목을 확인하고 싶었기 때문이었다.

크르르르르르!

거대한 울림이 응접실을 울렸다.

"마더 퍼커(Mother fucker)! 밖으로 안 꺼져!"

레드가 걸쭉한 욕을 내뱉으며 그를 향해 화염을 쏘아 보냈다.

펑!

하지만 본신을 드러낸 블루의 몸에 담긴 힘은 조금 전과는 천양지차였다.

레드의 화염은 바다에 빠진 횃불처럼 힘없이 툭 꺼져버렸다.

콰득— 콰드득! 우르르— 콱콱!

결국 블루 드래곤은 응접실뿐만 아니라 주변 벽이며 천장을 부수며 진신을 드러내고 말았다.

"이 새끼, 죽여버리겠어!"

레드는 부서진 자신의 성을 보며 화가 끝까지 차올랐다.

그녀의 몸 주변으로 붉은 빛무리가 서서히 피어날 때쯤
이었다.

훅!

빛이 섬광을 이루며 부서진 벽을 넘어 블루 드래곤을 향
해 날아갔다.

꺄아아아아아악!

섬광에서 검은 날개가 활짝 펼쳐지며 장대한 울음을 터
트렸다.

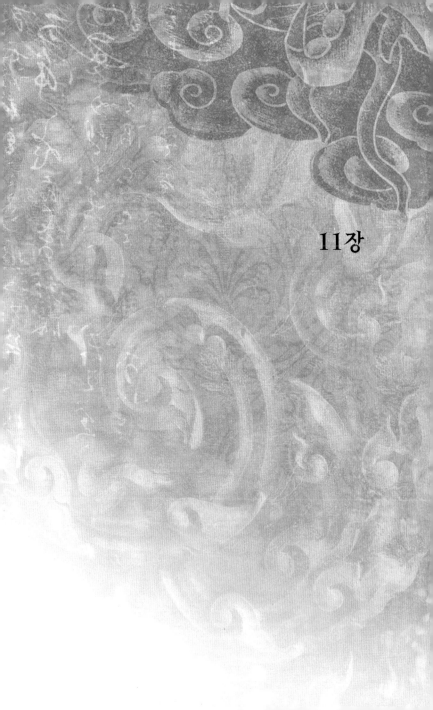

11장

우르르르 콰광!

맑은 하늘에 먹구름이 드리웠다.

거뭇거뭇한 먹구름 사이로 벼락이 꿈틀거렸다.

크르르르르—

그런 먹구름 사이로 블루 드래곤이 실루엣이 번쩍거렸다.

박현은 한 번의 날갯짓에 먹구름을 뚫고 하늘 위로 날아
올랐다.

태양 아래 선 박현은, 푸른 하늘 아래 융단처럼 깔린 먹
구름을 내려다보았다.

그런 먹구름 사이로 블루 드래곤이 얼굴을 들어 올렸다.

『네 몸을 갈가리 찢어…….』

블루가 박현을 향해 으르렁거렸다.

『그 전에 너부터 걱정해야 하지 않을까?』

박현은 심드렁하게 말했다.

『……?』

블루가 의아한 눈빛을 머금자마자.

후아아아악!

거대한 불기둥이 용오름처럼 솟아올라 블루를 덮쳤다.

『이런 썅!』

블루는 꼬리부터 물어오는 불기둥을 피해 재빨리 몸을 옆으로 피했다.

치이익―

하지만 완전히 피하지는 못한 듯 꼬리 끝에서 연기가 피어나며 살짝 그을려 있었다.

『이 개호로XX, 네가 감히 내 성을 부숴? %&*%*&^*&^*!』

레드.

붉은 화염을 온몸에 뒤집어쓴 그녀는 블루를 향해 한바탕 욕을 퍼부었다. 분명 처음에는 그 말을 알아들 수 있었지만, 끝으로 향할수록 전혀 알아들을 수 없을 정도로 격하기 짝이 없었다.

『이런 썅! 미친년이!』

『뭐, 이 쌍노무XX, $#%^#%$&$$#%$#%!』

레드는 불 콧바람을 훅 내뿜으며 다시금 소리를 버럭 질렀다.

후욱—

레드의 가슴이 불룩하게 부풀어 올랐다.

『……!』

그 모습에 블루는 눈을 동그랗게 뜨며 재빨리 옆으로 몸을 날렸다.

쿠하아아아앙!

레드의 입에서 레이저 포처럼 화염이 쏟아져 나갔다.

드래곤 브레스.

불의 여신답게 그녀의 브레스는 농축된 불을 머금고 있었다.

『오냐! 오늘 너 죽고, 나 살자!』

블루는 암습이라면 모를까 대놓고 쏘는 브레스를 우아하게 몸을 틀며 피했다.

동시에 넓게 퍼진 먹구름의 한 부분이 몽글몽글 뭉쳤다.

파지직— 파직!

뭉친 먹구름에서는 번갯불이 터질 듯 번쩍거렸다.

여차하는 순간, 몇 줄기의 번개가 내려칠 것이었다.

『…….』

레드는 그에 맞춰 다시 가슴을 부풀렸다.

그렇게 신경전이 시작되고, 일촉즉발의 시간으로 넘어가려 할 때였다.

『……!』

『……!』

레드와 블루의 눈이 동시에 부릅떠졌다.

먹구름 위로 따뜻한 햇살이 드리웠다.

그런데, 그 햇살이 먹구름을 야금야금 잡아먹으며 지워나가고 있었기 때문이었다.

지워지는 먹구름과 함께 이글거리던 번개의 불꽃도 사그라들었다.

종국에는 번개를 머금은 먹구름이 완전히 사라지며 뜨거운 햇살이 먹구름을 뚫고 땅으로 내리쬐여졌다.

크르르르르!

블루는 고개를 들어 구멍 난 먹구름 위를 올려다보았다.

뻥 뚫린 먹구름 사이로 날개를 활짝 펼친 삼족오가 눈에 들어왔다.

『뭐해?』

박현이 말했다.

『......!』

『......!』

레드와 블루의 눈이 동시에 부릅떠졌다.

크하아아아앙!

레드는 꾹꾹 눌러놨던 화염의 브레스를 블루에게 쏘아 보냈고, 블루는 꼴불견스러울 정도로 화들짝 그것을 피해 냈다.

하지만 그 역시 유럽의 패자 중 하나였다.

다시 자리를 잡는 블루 주변으로 빠르게 먹구름이 피어 났다.

우르르르 쾅쾅!

그리고 번개가 다시금 이빨을 드러낼 때였다.

쏴아아아아아—

파도에 모래가 쓸려나가듯이.

먹구름이 따스한 햇살에 녹으며 허공으로 쓸려 사라졌다.

당연히 먹구름이 한껏 머금고 있던 번개도 함께 지워졌다.

카르르르!

블루는 고개를 젖혀 박현을 노려보았다.

『이 새끼…….』

『본인을 볼 시간이 있을까 싶군.』

박현이 이죽이며 말했다.

아니나 다를까.

쿠하아아아앙!

어마어마한 화력을 담은 불기둥이 블루를 향해 쏘아져 날아갔다.

"하아―."

레드와 블루, 그리고 삼족오.

그들이 만들어낸 하늘의 난장판에 투룰은 한숨을 내쉬었다.

"이봐."

피닉스가 그런 투룰을 불렀다.

"……?"

"그런 한숨은 내 거라고."

피닉스는 얼굴을 찌푸리며 그들을 올려다보았다.

정확히는 레드겠지만.

"일단 결계부터 치자고."

피닉스의 제안에 투룰이 고개를 끄덕였다.

"제가 외부에서 시선을 차단하도록 하지요."

"그럼 내가 내부에서 저들의 힘이 외부로 투영되지 않게 막지."

피닉스와 투룰은 창밖으로 몸을 날렸다.

지이이잉!

하늘에 은쟁반처럼 맑지만 차갑게 느껴지는 기운이 피어 났다. 그 기운은 곧 우산처럼 박현과 레드, 그리고 블루를 덮어갔다.

『……!』

블루가 그렇게 투룰이 치는 결계를 볼 때쯤, 레드의 시선 은 땅으로 향했다.

화르르륵!

거대한 산물이 일어난 것처럼, 성 주위로 거대한 불의 장 막이 만들어졌다.

그 불의 장막은 끝없이 하늘로 뻗어 올랐다.

퉁— 화르륵!

그렇게 은의 장막과, 불의 장막이 겹을 쳐 커다란 돔을 만들어냈다.

그렇게 삼족오와 블루, 레드의 모습이 세상에서 감춰졌다.

크르르르르!

혹여나 이 싸움에 끼어들 것인지를 경계하는 듯 블루는 낮게 울며 허공에 떠 있는 피닉스와 투룰을 노려보았다.

피닉스는 그저 팔짱을 끼며 블루의 눈빛을 잠시 받아준 후, 오히려 시선을 올려 박현을 쳐다보았다.

삼족의 힘의 근원은 태양.

하지만 그가 지켜본 바에 의하면, 스스로 빛이 되지는 않는다.

태양의 빛을 받아 그 힘을 쓴다.

'이제 어쩔 참이냐?'

자신의 결계와 투룰의 결계가 두 겹으로 쳐지며 태양을 완벽하게 가렸다.

둠 아래, 희미한 빛은 불에서 흘러나오는 붉은 빛뿐이었다.

피닉스는 그렇게 박현을 쳐다보았다.

'하하.'

피닉스의 눈빛에 박현은 실소를 머금었다.

의도한 바였든, 아니었든 간에.

박현은 고개를 들어 하늘을 올려다보았다.

활활 타오르는 불의 장막 위로 은쟁반처럼 반짝이는 결계를 보았다.

태양이 가려졌다.

힘의 원천은 태양, 당연히 저들도 알 것이리라.

피닉스는 그걸 알고 싶은 것이리라.

태양 없이, 어떤 힘을 낼 것인지.

"훗!"

캬르—

박현은 웃었다.

피닉스를 빤히 쳐다보며.

그리고 잠시 멈췄던 싸움이 다시 일어났다.

이제는 더 거칠 것이 없다는 듯 레드가 더욱 미쳐 날뛰기 시작하며.

쿠하아아아아앙!

사방으로 수많은 불꽃이 튀고, 또 튀었다.

비록 피닉스를 경계하느라 움직임이 조금은 소극적으로 바뀌었지만, 블루 역시 만만치 않게 대항하고 있었다.

하지만, 애초에 레드와 블루는 확실한 우열을 가리기 힘들 정도로 비등비등했다.

어쭙잖게 신경을 분산하며 맞설 수 있는 상대가 아니란 뜻이기도 했다.

크르르르—

블루의 몸에 상처가 하나둘씩 생기기 시작하자, 어느 순간부터 블루는 피닉스를 머릿속에 지우며 레드를 상대해갔다.

콰과과과광!

불이 터지고.

쏴아아아아!

물이 세상을 집어삼켰다.

세상에 오직 둘.

둘만의 싸움만 있는 듯했다.

'움직인다.'

삼족오가 날개를 펼치자, 피닉스의 눈빛이 반짝였다.

'자, 보여다오. 태양이 사라진 후의 네 힘을.'

피닉스의 입가가 음침하게 비틀렸다.

'……?'

그에 응답이라도 하는 듯, 삼족오가 자신을 지그시 바라보았다.

인간의 모습이 아니어서 정확하지는 않지만.

분명 박현은 자신을 바라보며 웃고 있었다.

기분 좋은 웃음이 아닌, 자신이 지금 짓고 있는 그런 웃음을.

피닉스는 눈가를 굳히며 팔짱을 낀 팔에 더욱 단단하게 힘을 줬다.

'훗!'

비릿하게 웃은 박현은 블루 주변에 솜사탕처럼 뭉쳐 있는 다섯 개의 먹구름을 쳐다보았다.

그리고 날개를 활짝 펼쳤다.

'......?'

삼족오가 내비친 자신감.

하지만 뒤따라온 것은 무엇 하나 흔들림 없는 고요함이었다.

피닉스의 머릿속에 의아함이 뒤따를 때였다.

'흡!'

피닉스의 눈이 서서히 부릅떠졌다.

그의 눈동자에 어린 감정은 경악과 불신이었다.

....

아무런 울림도 없었다.

공명도 없었으며.

소리도 없었다.

그저 눈앞으로 내리쬐는 밝은 빛만 있을 뿐이었다.

투룰의 결계가, 자신의 결계가 아주 자연스럽게 공간을 비우며 햇살을 지나갈 수 있게 해주었다.

아니 그렇게 보였다.

그렇게 보일 수밖에 없었다.

피닉스는 재빨리 자신이 만든 결계를 살폈다.

아무런 이상이 없었다.

결계와 자신을 잇는 마나의 공명에도, 공명의 흐름에도 그 어느 티끌 하나, 잡티 하나 섞여 있지 않았다.

그런데도.

'어, 어떻게?'

피닉스는 눈을 부릅뜨며 커다란 구멍이 숭 난 결계를 쳐다보았다.

그 아래 비추는 햇빛 너머로 삼족오가 있었다.

쏴아아아아아—

이번에도 햇빛에 먹구름이 쓸려 지워졌다.

『피닉스!』

삼족오의 공격임에도, 오히려 블루는 피닉스에게 분노를 쏟아냈다.

《이제는 그대 차례야.》

순간 당황한 피닉스의 머릿속으로 박현의 전음이 들려왔다.

어느 순간 박현은 레드와 블루의 싸움에서 한 걸음 뒤로 물러난 후였다.

우르르르르 콰광!

당황도 잠시, 피닉스는 자신을 향해 날아오는 벼락을 피해 급히 몸을 움직여야 했다.

《본인 역시 궁금하군. 그대의 힘이.》

박현의 전음에.

'쯧.'

피닉스는 마뜩잖게 혀를 차며 인간의 육신을 깨고 진신을 드러내야 했다.

*　　　*　　　*

탁탁탁—

옐로우는 손가락으로 소파 옆 협탁 상판을 두들기며 앞에 앉아 있는 여인, 화이트를 쳐다보았다.

"흠."

탕!

옐로우는 침음과 함께 손바닥으로 협탁을 두들겼다.

그러자 그의 앞에 앉아 있던 화이트가 순간 움찔거렸다.

"그걸 왜 이제 이야기하지?"

옐로우는 꾸짖듯 화이트에게 물었다.

"처음에는 순간적인 분노라 생각했어."

화이트는 옐로우의 눈치를 슬쩍 보며 입을 열었다.

"그런데 곰곰이 생각해보니까 아닌 것 같아."

"아닌 것 같다라."

"확실히 블루와 부딪힘은 과했지. 이상하게 느껴질 만큼."

옐로우는 고개를 돌려 구석에 앉아 있는 블랙을 쳐다보았다.

"어떻게 생각해?"

"다른 건 몰라도, 블루와 레드. 둘의 사이는 더욱 멀어지겠군."

블랙이 무미건조하게 대답했다.

"분란을 일으킨 것인가, 아니면 분란에 휩쓸린 것인가?"

"어쨌든 둘을 말려야 하지 않겠나?"

블랙이 물었다.

"말려야지."

옐로우가 전화기를 들었다.

"날세."

상대가 전화를 받자, 용건을 말했다.

"블루와 통화가 되지 않는군."

"······?"

순간 옐로우의 미간에 깊은 주름이 그어졌다.

"레드를 보러 갔단 말인가?"

잠시의 침묵.

"알았네."

옐로우는 전화기를 끊으며 자리에서 일어났다.

"기우였으면 좋겠는데."

옐로우는 블랙을 쳐다보았다.

"어쩌면 이미 사달이 일어난 걸지도 모르겠어."

"쯧."

블랙이 자리에서 일어났다.

"언젠가 다시 일이 터질 줄 알았지만, 이렇게 복잡하게 꼬여서 터질 줄은 몰랐군."

블랙이 한숨을 내쉬고는, 고개를 저었다.

"화이트."

"으, 응?"

"너도 일어나."

"나도?"

화이트는 찜찜한 표정을 지으며 자리에서 일어났다.

그리고 옐로우의 기운에 휘감겼다가 동시에 사라졌다.

*　　　*　　　*

콰르르르!

거대한 화염이 먹구름을 태워, 벼락을 지웠다.

펑!

또 다른 불덩이가 날아가 블루의 가슴을 터트렸다.

콰아아앙!

블루는 그 충격에 휘말려 바닥으로 떨어져 처박혔다.

크하아아아아앙!

블루는 분노에 찬 울음을 터트리며 다시금 하늘로 날아
오르려 했지만.

쐐애애애액— 파박! 파바바박!

쇠창살이 날아와 그의 날개를 꿰뚫으며 땅에 깊게 박혔
다.

그렇게 쇠창살에 날개가 포박당하자 블루는 하늘로 날아 오르지 못하고 바닥에서 파닥거렸다.

『이 새끼들!』

블루는 눈에 독기를 채우며 힘껏 날개를 들어올렸다.

치직!

날개가 찢어졌지만, 블루는 아랑곳하지 않고 몸을 일으 키려 했다.

하지만.

쐐애애애액— 파바박!

다시 쇠창살이 날아와 그의 날개를 다시 땅으로 꿰었다.

『요올! 제법인데?』

피닉스는 순간의 빈틈도 놓치지 않은 투룰을 향해 엄지 손가락을 치켜세웠고, 투룰은 그저 어색하게 웃음을 지어 보였다.

그러는 사이.

레드가 우아하게 내려가 블루의 목을 다리로 지그시 눌 렀다.

『이 발 안 치워?』

『네가 아직 상황 판단을 못 한 모양인데. 이러면 상황 판 단이 되려나?』

레드는 다른 다리로 그의 가슴을 할퀴듯 베어버렸다.

지지직— 촤악!

블루의 가슴에 세 줄기의 깊은 상흔이 새겨지자, 블루는 고통에 몸을 파르르 떨었다.

『미친년!』

블루는 고통에 이를 꽉 깨물었다.

『겉과 속이 다른 네놈만 할까?』

레드는 코웃음을 쳤다.

『이 기회에, 우리 사이에 대해 다시 논의하고 싶은데.』

『우리의 맹약을 깰 참이냐?』

서로 간의 평등, 불간섭.

그 맹약으로 인해 오랜 유럽 내의 전쟁이 끝나고, 평화가 찾아왔다.

『누가 맹약을 깬다고 하던가? 그냥 네가 좀 더 양보만 하는 그런…… 아름다운 관계라고나 할까?』

『미쳤군, 미쳤어.』

『그래, 나 미쳤어. 그래도 겉과 속이 다르지 않잖아? 누구와 달리. 이만하면 아름답게 미치지 않았나?』

『…….』

순간 할 말을 잃은 듯 블루는 말이 없었다.

『……넌 곱게 죽지 못할 거다.』

결국 한다는 말이 곱게 죽지 못할 거라는 거였다.

『음흉하게 죽는 것보다는 화려하게 가는 것도 나쁘지 않지. 그나저나 말이 여전히 험하네.』

레드는 씨익 웃으며 그의 목을 더욱 억세게 움켜쥐었다.

툭— 툭— 툭—

그러자 가죽이 뚫리는 소리와 함께 레드의 발톱이 블루의 목을 파고들었다.

『내가 네년에게 고개라도 숙일 거라 생각하냐?』

블루는 고통 속에서도 기를 세웠다.

『그럼 이러면 어떨까나?』

레드는 다른 발의 발톱을 세워 블루의 가슴을 살살 긁었다.

『……!』

그러자 블루의 눈이 부릅떠졌다.

『너! 너!』

블루는 분노와 불안함을 동시에 담아 외쳤다.

『왜애애~?』

레드는 눈웃음을 치며 장난스럽게 말꼬리를 길게 늘렸다.

『내 꼭 널 죽인다!』

블루가 분노와 불안감을 내비칠 수밖에 없는 것이.

레드가 발톱으로 살살 긁는 가슴 속에 제2의 생명이자,

어쩌면 생명보다도 더 소중한 근원인 드래곤하트가 있었기 때문이었다.

『너무 걱정 마.』

레드는 다정한 목소리로 블루를 안심시켰다.

하지만 결코 그녀가 다정해서가 아니었다.

불같은 그녀가 다정해질 수 있는 시간은 단 하나, 잔혹해지기 직전뿐이었으니까.

『너! 너! 이…….』

하지만 블루가 표출할 수 있는 건 단 하나, 그저 발악에 찬 소리를 내지르는 것뿐이었다. 하지만 그마저도 다가올 공포에 머리가 텅 비어 의미 없는 소리뿐이었다.

『그냥 금제 하나만 걸어둘 게.』

지지지직―

레드는 발톱으로 블루의 배를 가르기 시작했다.

블루가 발악하듯 몸을 튕겼지만, 레드는 그보다 더욱 억세게 눌러 반항을 잠재웠다.

푸학!

배가 갈리고 피가 튀며, 자맥질하듯 느리게 도는 푸른 구슬이 보였다.

'드래곤하트도 결국 내단의 한 종류군.'

박현은 블루의 드래곤하트를 바라보며 고개를 끄덕였다.

다만 다른 점이 있다면 그 위에 열 개의 기묘한 서클이 그려져 있다는 거였다.

"……?"

그때 레드의 고성 정원에서 뭔가 이질적인 기운이 느껴졌다.

박현이 기운에 따라 시선을 옮기자마자.

화아악!

황금빛 무리가 터지며 기운 세 개가 느껴졌다.

"쯧."

선명하게 느껴지는 세 기운.

옐로우, 블랙, 그리고 화이트의 기운에 박현은 나직하게 혀를 찼다.

"지금 무슨 짓을 저지르는 거냐!"

블루의 배를 가르는 레드를 보자 옐로우는 처음으로 화를 터트리며 몸을 날렸다.

화르르르륵!

하지만 불의 장막이 쳐지며 그의 앞을 가로막았다.

『노(No)~, 노!』

피닉스가 좀 더 아래로 내려와 옐로우 앞을 가로막았다.

"······피닉스?"

옐로우는 눈가를 찌푸리며 피닉스를 올려다보았다.

"그대가 어쩐 일로 유럽에 행차하셨나?"

블랙이 옐로우 곁에 서며 물었다.

『정확하게 말하자고, 친구들.』

피닉스는 서서히 몸집을 줄여 인간의 모습으로 돌아갔다.

"유럽이 아니라, 내 사랑의 스위트한 홈에 잠시 놀러온 거지."

"좋아. 그렇다 치지. 그럼 잠시 비켜주겠나?"

옐로우가 나름 정중하게 말했다.

"글쎄, 나도 그러고 싶지만. 지금 내 달링이 매우 바빠서 말이지."

"그 말이 무슨 뜻인지, 잘 알 터인데."

옐로우도 물러나지 않았다.

"잘 알지."

피닉스는 목을 두둑 꺾었다.

"그런데 말이야. 옐로우."

피닉스가 하얀 이를 드러냈다.

동시에 피닉스의 몸 주변으로 상당히 호전적인 기운이 흘러나왔다.

"참으로 옛날 생각이 나는군."

"……."

옐로우의 눈매가 가늘어졌다.

"나는 그런데, 자네는 안 그런가?"

팡!

피닉스의 몸에서 불길이 솟아올랐다.

"그리고 알아야 할 게 있어."

피닉스의 눈에서 안광이 터졌다.

"나는 옛날 그때, 너희들에게 패해 저 먼 땅으로 쫓겨난 그때의 애송이가 아니란 말이지."

피닉스의 투기 가득한 웃음에 옐로우와 블랙의 얼굴이 굳어졌다.

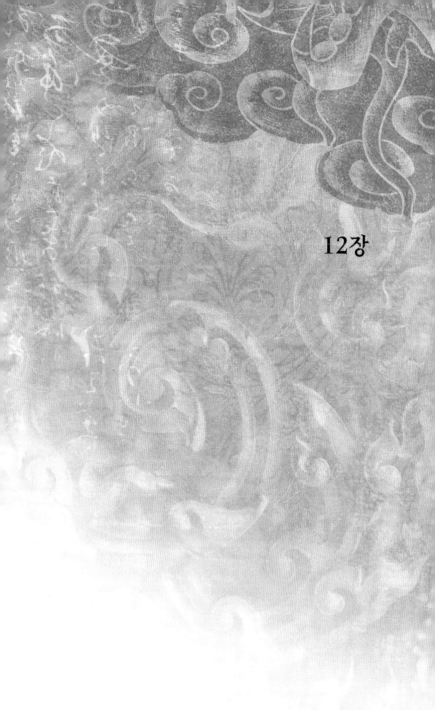

12장

"나는 옛날 그때, 너희들에게 패해 저 먼 땅으로 쫓겨난 그때의 애송이가 아니란 말이지."

이집트에서 태어나, 그리스·로마에서 자란 피닉스[1].

그가 생각하는 고향은 바로 유럽이었다.

어찌 되었든.

드래곤들, 정확히는 블랙과 블루의 주도하에 그는 영국으로 쫓겨났다.

거기에 블루의 반 협박성 채근에 피닉스는 쫓기듯 다시 북아메리카로 떠날 수밖에 없었다.

가뜩이나 그다지 좋지 않던 사이였지만, 그 무렵부터 블루와 레드의 사이가 급격히 틀어진 게 아닌가 싶었다.

'흠.'

옐로우는 속으로 한숨을 쉬며 자신의 앞을 가로막고 있는 피닉스를 쳐다보았다.

그렇게 쫓겨난 아이가, 죽고 죽어 다시 태어나 위대한 북아메리카의 신이 되었다.

『조금만 참아. 아프지는 않을 거야.』

사근사근하지만 얼음장처럼 차가운 레드의 목소리가 옐로우의 귀를 파고들었다.

《옐로우!》

블랙이 다급히 옐로우를 불렀다.

후우우웅!

그리고 옐로우도 느꼈다.

마법의 공명이 레드에게서 만들어지고 있음을.

"피닉스."

옐로우가 눈매를 굳히며 그를 불렀다.

그 시선이, 그 표정이, 무얼 뜻하는지 알았기에 피닉스는 입술을 혀로 핥았다.

"그때의 일은 유감이야."

"그래, 그때 너는 없었지. 하지만."

피닉스의 마지막 목소리에 날이 들어섰다.

"없었지만, 모르지는 않았지. 방관이란 이름으로, 어쩌면 그렇게 조장했을지도 모르고."

옐로우의 표정에는 변화가 없었다.

"처음이군. 우리가 서로의 목을 할퀴려는 것이."

"기다렸어. 오늘을."

피닉스의 몸에서 은은한 열기가 솟아났다.

"블랙! 화이트!"

옐로우는 피닉스를 바라보며 소리쳤다.

팡— 팡!

그 말을 기다렸다는 듯이, 블랙과 화이트가 레드를 향해 몸을 날렸다.

하지만 그 둘을 막아서는 이가 있었으니.

바로 박현과 투룰이였다.

*　　　*　　　*

"네가 감히 날?"

화이트가 자신의 앞을 가로막은 투룰을 보며 기가 찬 듯 비웃음을 내비쳤다.

"내가 '그대들'에게 고개를 숙였다 하여 '그대에게까지' 숙인 건 아니라오."

그 말은 즉, 네가 드래곤이기에 숨인 것이지 자신보다 강해서 숨인 건 아니라는 뜻이기도 했다.

"뭐라?"

화이트는 모욕감에 몸을 바르르 떨었다.

그건 그녀의 아프디아픈 아킬레스건이었다.

"지금 말 다 했어?"

화이트의 몸이 부르르 떨리며 칼날처럼 날카로운 돌풍이 그녀의 몸을 휘감았다.

"하고 싶은 말을 다 하면 당신이 감당할 수 있을까 모르겠소. 해도 되겠소?"

투룰은 정중했지만, 결코 정중하지 않았다.

"이 새끼."

화이트는 표독스럽게 눈을 떴다.

쐐애애애액—

돌풍에서 몇 줄기의 바람이 튀어나와 투룰의 몸을 베며 지나갔다.

카가가강!

불꽃과 함께 바람이 잘리며 사라졌다.

어느새 투룰의 몸 주변에는 칼자루가 없는 검날들이 둥둥 떠 있었다.

"까드득! 인제까지 막을 수 있나 보자!"

후아아악!

화이트의 몸 주변에서는 더욱 강한 돌풍이 만들어졌고, 조금 전과는 비교도 되지 않을 만큼 수십 줄기의 바람이 날카롭게 이를 드러내며 투룰의 몸을 베어갔다.

하지만 강철 검으로 불리는 투룰이었다.

마치 고슴도치가 가시를 드러내듯, 투룰의 몸에서 수십 줄기의 검날이 삐죽 튀어나왔다.

그 검날들은 사방에서 휘몰아치는 바람의 칼날을 무자비하게 베어냈다.

"바람이 아무리 날카로워도 쇠를 이길 수는 없는 법."

투룰의 눈에서 시퍼런 안광이 쏟아져나와 화이트에게로 향하자.

우우웅─ 후웅─

수십 자루의 검날들이 파르르 울며 화이트를 겨눴다.

"이제 내 차례군."

투룰이 입꼬리를 말아 올렸다.

그리고 그 미소는 신호탄이었다.

핑─

검날 하나가 총알처럼 화이트를 향해 날아갔다.

"흡!"

화이트는 재빨리 바람을 날려 검날의 면을 쳐냈다.

쏴악—

검날이 아슬아슬하게 화이트의 뺨을 지나갔다.

"큭!"

하지만 그 검날은 시작일 뿐이었다.

핑— 핑— 핑—

검날 하나가, 하나는 다시 둘로, 둘은 넷으로, 넷은 여덟로.

결코 투룰은 한꺼번에 검날을 화이트에게로 날리지 않았다.

천천히, 천천히.

하지만 확실하게 화이트의 숨통을 죄여갔다.

챙— 채쟁— 차자장!

화이트는 바람으로 검날을 하나 쳐내고 둘을 쳐내고, 넷을 쳐내고, 여덟을 쳐냈다.

하지만 날아오는 검날은 끝나지 않았다.

여덟이 실패하면 열여섯이 날아왔고, 열여섯을 막으면 서른두 개의 검날이 날아왔다.

당연히 손발이 어지러워졌고, 당연히 틈이 만들어질 수밖에 없었다.

"……!"

그 틈을 투룰은 놓치지 않았다.

예순여섯 개의 검날 사이에 비수 하나를 더 담았다.

"흡!"

당연히 예순여섯 개의 검날을 막아가던 화이트는 비수가 목을 노리자 눈을 부릅뜰 수밖에 없었다.

화이트는 다급히 몸을 뒤로 젖혔지만, 회심의 한 수인 비수를 온전히 피할 수는 없었다.

서걱!

화이트의 목에 제법 깊은 검상이 만들어졌다.

붉은 피는 그녀의 새하얀 드레스를 붉게 물들여갔다.

"감히! 네까짓 것이!"

화이트의 살기는 진짜였다.

투룰은 순간 피부에 닭살이 돋을 정도였다.

'아직, 아직 멀었구나. 하지만!'

그녀의 살기, 능히 받아낼 수 있었다.

다만, 길고 길었던 트라우마가 순간이지만 그의 몸과 마음을 움츠리게 만들었을 뿐이었다.

"너를!"

투룰은 소리쳤다.

그녀에게.

그러나 그 자신에게.

너를 발판 삼아 아버지처럼 창공을 훨훨 날겠노라고.

크르르르— 크하아아앙!
화이트의 울음에 맞서.
꺄아아아아앙!
투룰은 장대한 창음을 내뱉으며 하늘로 날아올랐다.

＊　　　＊　　　＊

"이렇게 마주하게 될 줄은 몰랐군."
블랙이 박현과 마주하며 말했다.
"세상사가 다 그런 거 아니겠나? 꼬이고 풀리는 게, 다
인생이지. 하지만 또 아나?"
"……?"
"우리가 또 어깨를 나란히 하고 나갈지도."
박현의 말에 블랙은 안색을 굳혔다가 고개를 끄덕였다.
"세상에 영원한 아군도, 적군도 없지."
블랙의 시선이 짧게 레드와 블루에게로 옮겨갔다가 돌아
왔다.
"일단 지금, 우리는 적이군."
"내가 하고픈 말이었어."

박현은 블랙의 냉정함을 능글맞게 받아쳤다.

크하아아아앙!

블랙은 역시 블랙이다 싶을 정도로 흔한 탐색전 하나 없이 곧바로 본체를 드러냈다.

그리고는 박현을 향해 이빨을 들이밀었다.

"훗!"

그에 박현은 짧은 웃음을 내뱉으며 하늘로 날아올랐다.

그리고는 거대한 검은 날개를 다시 활짝 펼쳤다.

*　　*　　*

"이제 우리 둘만 남았군."

피닉스는 옐로우를 바라보며 씩 웃었다.

"그리고 저 둘도 남았고."

피닉스는 손가락으로 등 뒤를 가리켰다.

레드와 블루.

"후우―."

옐로우는 그런 피닉스를 바라보며 크게 숨을 내쉬었다.

"흡!"

그리고 들숨을 들이켠 순간, 옐로우는 마치 빛살처럼 피닉스에게로 쏘아져 나갔다.

"그래! 와라!"

피닉스는 상당히 마초적인 기합을 터트리며 옐로우와 맞부딪혀 갔다.

후우우우—

하지만 부딪힘은 없었다.

피닉스의 주먹에 흐트러지는 건 옐로우의 허상이자 잔상이었다.

"……!"

피닉스는 재빨리 고개를 뒤로 돌렸다.

"미안하네. 나는 아직 그대와 부딪히고 싶지 않아서."

옐로우의 목소리가 그의 귀를 파고들었다.

그리고 그의 눈에 들어온 건, 레드와 블루 사이로 파고드는 황금색 빛이었다.

"젠장!"

피닉스는 재빨리 그를 향해 몸을 날렸지만, 그는 알고 있었다.

이미 늦었음을.

하지만 그때 잡음(雜音)이 끼어들었다.

아니, 잡색(雜色)이라고 해야 할까?

아니!

잡색이라고 하기에는 너무나도 깨끗한 빛, 태양의 빛이었다.

"크크크크."

피닉스의 웃음이 튀어나왔다.

"크하하하하하하!"

그 웃음은 대소로 바뀌었다.

꺄아아아아아아악!

까마귀의 울음이 그 빛에 더해졌다.

*　　　*　　　*

점이 찍히듯 옐로우는 공간에서 공간을 넘어 레드와 블루에게로 달려갔다.

그런 그의 앞으로 거대한 까마귀가 내려섰다.

삼족오.

옐로우의 눈썹이 꿈틀거렸다.

순간 손이 오므라지며 황금빛 기운이 모였다. 하지만 옐로우는 미세하게 고개를 저으며 손 안의 기운을 지웠다.

그리고 단거리 순간이동 마법인 블링크(blink) 마법으로 거대한 삼족오를 뛰어넘었다.

『훗!』

박현의 입가에 웃음이 터졌다.

동시에 그를 바라보는 눈매도 가늘어졌다.

눈앞에서 사라진 옐로우.

순간이동 마법.

축지와는 비슷하면서도 결이 다른 술(術)이었다.

'재밌군.'

삼족오의 고개가 뒤로 돌아갔다.

동시에 거대한 삼족오가 지워지고, 내딛는 거대한 발이 인간의 발로 바뀌었다.

축지.

박현은 공간과 공간을 접으며 축지를 밟았다.

‘……?’

공간을 넘어 점을 찍듯 앞으로 달려 나가는 옐로우는 미묘하게 주변의 공간이 접힌다는 느낌이 들었다.

그렇다고 보이는 건 아니었다.

기감을 열어 살피니 확실히 알 수 있었다.

‘공간과 공간이 접힌다?’

그리고 접히는 공간과 공간이 바로 자신의 뒤와 앞이었다.

‘……!’

그 공간과 공간이 접혀 겹쳐지는 순간, 한 사내가 자신을 가로막았다.

‘삼족오.’

그의 앞을 가로막으며 씨익 웃는 사내는 바로, 박현이었다.

‘흠!’

옐로우는 상체를 흔들어 페이크를 주었다.

하지만 움직임과 달리 머릿속의 상념은 멈추지 않았다.

‘동양에 순간 이동 마법과 비슷한 술(術)은 없었던 것으로 아는데.’

그가 경험했던 아라비아 반도를 비롯해 중국과 일본.

그곳에는 마법과 비슷한 술법은 있었지만, 블링크나 텔레포트와 같은 술법은 없었다.

'한국이라.'

크게 관심이 없는 아시아의 조그만 나라.

한반도의 술(術)은 자신들과 결이 다르다고 했던가?

언뜻 스쳐 지나가듯 들었던 잊혀진 기억이 떠올랐다.

팡!

옐로우는 다시 공간을 지우며 다른 공간에 점을 찍었다.

그러나 점이 찍히는 순간, 점이 찍혔던 공간이 접혔다.

그렇게 다시 박현이 그의 앞을 가로막았다.

*　　　*　　　*

팡 팡 팡 팡 파앙—

격하게 공간에 점이 찍히고, 찍힌 공간이 접히자 공기가 버티지 못하고 사방으로 터져나갔다.

공기가 터진 곳에는 여지없이 황금빛과 태양의 빛이 번쩍거렸다.

'이대로는.'

옐로우는 레드와 블루를 흘깃 쳐나보았다.

정확히는 블루의 드래곤하트를 향해 있는 레드의 발이었다.

그 발아래 서서히 완성되어 가고 있는 마법진이 보였다.

그게 인장이 되어 블루의 드래곤하트에 찍히는 순간, 블루는 평생 레드의 꼭두각시로 살아갈 것이다.

블루는 자각하지 못한 채, 그게 당연하다는 듯이 영원히.

'그렇게 할 수는 없지.'

옐로우는 다시 자신의 앞을 가로막는 박현을 쳐다보았다.

그리고 눈가에 주름이 패였다.

문제는 바로 박현이었기에.

'훗.'

옐로우는 속으로 웃음을 삼켰다.

'아직은 애송이의 티를 벗지 못했군.'

박현의 미묘한 빈틈을 발견했기 때문이었다.

그리고 다시금 공간에 점을 찍었다.

그에 박현 역시 공간을 접어 막아섰다.

"……!"

축지로 따라잡은 박현은 점을 찍으며 모습을 드러내는 옐로우를 보자 눈가를 일그러뜨렸다.

눈앞에 마주한 것은 옐로우였지만, 옐로우가 아니었다.

정확히는 그의 모습을 한 허상이었다.

문제는 본체와 똑같은 황금빛 기운을 담고 있었기에 박현은 아무런 의심 없이 그 뒤를 밟았던 것이었다.

박현은 다급히 레드와 블루가 있는 곳으로 고개를 돌렸다.

그곳에 황금빛 기운이 닿았다.

뒤늦게, 피닉스의 화염이 끼어들었지만, 간발의 차이로 옐로우의 황금빛 기운이 레드의 마법진을 파고들었다.

아주 미세한 간섭이었지만, 충분했다.

정교한 톱니 기계에 자그만 모래 한 톨이 고장을 내듯 말이다.

파직— 파즈즉!

레드의 마법진에서 몇 불꽃이 튀더니, 정교하게 돌아가던 마법진이 무너지기 시작했다.

『쯧!』

레드가 얼굴을 일그러트리며 불안하게 날뛰는 마법진을 흐트렸다.

그러자, 황금빛 기운이 날아와 레드를 위로 밀어올렸다.

대항하려면 대항할 수 있는 힘의 크기였지만, 레드는 순순히 그 기운에 몸을 실어 물러났다.

그리고 레드가 있던 그 자리에 옐로우가 서며 블루의 상처를 향해 손을 뻗었다.

지지지지직—

마치 시간을 거꾸로 돌리듯 블루의 상처는 단숨에 아물어갔다.

"괜찮나?"

옐로우는 자신과 마주한 레드, 그리고 그녀와 함께 자신을 좁혀오는 피닉스, 박현, 그리고 투룰을 경계하며 블루를 챙겼다.

"쳇!"

상처가 다 아문 블루는 거칠게 자리를 박차고 일어났다.

그런 그의 곁으로 블랙과 화이트가 다가와 섰다.

"쯧."

블루는 엉망진창의 모습으로 곁에 선 화이트를 곁눈질하며 혀를 찼다.

그 소리가 그녀에게까지 닿았는지 화이트는 입술을 베어물며 뺨을 부르르 떨었다.

화이트가 다섯 드래곤 중에 가장 약하다고 해도……, 그는 지상 최강의 종족이자, 신이었다.

결코 닿을 수 없는 천외천, 갓(God).

'투룰.'

블루의 매서운 눈빛이 투룰에게로 향했다.

'흠!'

투룰에게로 시선이 닿은 것은 비단 옐로우뿐만 아니었다.

부드러운 눈빛 속에 매섭도록 시린 눈빛이 그에게로 향했다.

'생각보다 위험한 종자였군.'

아시아에서 넘어온 신.

처절하리만큼 허리를 숙이고, 살아남은 일족.

그래서 살려준 일족이었다.

그 누구도 드래곤과 어깨를 견줄 순 없다.

순혈주의를 맹종하는 옐로우에게 있어 투룰은 더 이상 너그럽게 받아줄 수 있는 존재가 아니게 되었다.

싸늘하게 식은 옐로우의 눈빛.

그 눈빛이 뜻하는 바를 투룰은 누구보다도 잘 알고 있었다.

투룰은 애써 침착함을 유지했지만, 등에서는 한줄기 식은땀이 주르르 흘러내렸다.

《고약한 신념이 나오는군.》

그때 머릿속으로 피닉스의 목소리가 들려왔다.

《……?》

《알지? 저 녀석이 눈빛이 무엇을 말하는지.》

그 말에 투룰은 고개를 끄덕였다.

《투룰이라고 했던가?》

《그렇소.》

《마음에 들지 않았지만, 지금은 아주 마음에 들어.》

피닉스의 시선이 화이트에게로 옮겨갔다.

《그러니 걱정 마. 내가 지켜줄 터이니.》

피닉스는 투룰을 보며 히죽 웃었다.

《나는 당한 건 반드시 돌려주거든.》

《……?》

《저 재수 없는 눈빛에 나 역시 한 번 죽었었거든. 그래서 이번에는 나도 죽여주려고.》

피닉스가 히죽 웃었다.

《그런데…….》

《왜냐고?》

너무나도 아무렇지 않게 묻자 투룰은 저도 모르게 고개를 끄덕였다.

《내가 주구장창 여기에 머물면서 칼을 휘두를 수는 없잖아.》

《그럼?》

《맞아. 네가 나의 칼이 되어주는 거지.》

화락— 투룰의 표정이 일그러졌다.

이건 숫제 지옥불 한복판으로 들어가는 거나 매한가지였
다.

《그렇다고 대놓고 인상을 찌푸리지 말라고. 대신 안전만
큼은 내가 확실히 지켜줄 테니까.》

《당신이 아니어도…….》

《에이.》

투룰의 말에 피닉스가 장난치듯 그를 타박했다.

《하나보다는 둘이 낫잖아. 안 그래?》

피닉스가 투룰의 어깨를 날개로 툭 쳤다.

《앞으로 친하게 잘 지내보자고, 친구.》

'하아—.'

투룰은 속으로 깊은 한숨을 푹 내쉬었다.

＊   ＊   ＊

강렬한 시선에 옐로우는 시선을 옮겨야 했다.

"레드."

그리고 그 시선의 주인공을 바라보았다.

"왜?"

그 사이 인간의 모습으로 돌아간 레드가 마치 아무런 일이 없었다는 듯 반문했다.

"왜 그랬나?"

"뭘?"

레드는 능청스러울 정도로 모른 척했다.

"우리들의 맹약."

"나는 그걸 깨트린 적이 없는데."

사실 없었다.

레드가 행하고자 했던 일은 벌어지지 않았으니까.

"하지만 깨트리려고 했지."

"아니. 그런 적 없는데."

"뚫린 입이라고 함부로 내뱉는 거냐?"

블루가 길길이 날뛰었지만, 옐로우가 그를 자중시켰다.

"나는 블루를 죽이려 하지 않았어."

"평등."

옐로우는 맹약의 조항을 말했다.

"평등도 깨지 않았는데."

"……."

"왜?"

레드는 모르겠다는 듯 물었다.

"⋯⋯."

옐로우의 미간에 진 주름이 더욱 깊어졌다.

"너도 봐서 알잖아. 그저 내 말에 좀 더 귀를 기울이게 해주는 우정의 표시였음을."

우정의 인장.

굉장히 친근하고 다정한 마법 같지만, 그 속에 담긴 뜻은 매우 폭력적이었다.

맹목적 믿음이 '우정의 인장' 마법의 주요 목표였으니까.

"말장난은 이제 그만하지."

옐로우의 싸늘한 목소리에 어깨를 으쓱 들어올렸다.

"네게 조금이라도⋯⋯."

"지랄하네."

레드가 옐로우의 말을 잘랐다.

"네가 뭐라도 돼?"

레드의 말에 옐로우의 표정이 굳어졌다.

"너는 항상 우리에게 평등을 말하지. 그런데 너는 왜 우리 위에 서 있지? 마치 네가 우리의 '로드'라도 되는 것처럼."

옐로우의 몸에서 기운이 스물스물 피어났다.

따뜻한 황금빛이었지만, 색만 따뜻할 뿐 얼음장보다도 더 차갑기 그지없었다.

"맹약?"

레드는 코웃음을 쳤다.

"옐로우."

"……."

"저 위에 앉아서 나와 블루의 싸움을 구경하는 게 그리 재미있었나?"

레드의 목소리에 가시가 빼곡하게 돋아 있었다.

"레드, 말이 심해. 옐로우는 그동안 우리를 중재……."

화이트였다.

"중재? 흥!"

레드는 코웃음을 쳤다.

"너는 그게 중재라고 보았니?"

"……."

"나는 저 녀석의 놀이라고 보았는데. 그 놀이판의 광대는 우리고."

"그만!"

옐로우가 차갑게 소리쳤다.

"선을 넘지 마라, 레드."

옐로우가 보여주는 눈빛은 그가 이제껏 보여주던 눈빛이 아니었다.

흉포하기 짝이 없었다.

"가식 그만 떨어. 네가 뭐라도 된 것처럼 굴지 말라는 소리야."

"까드득."

옐로우는 섬뜩하게 이를 갈았다.

"결국 너는 우리 일족을 배신하려는 거냐?"

누가 봐도 겨우겨우 화를 참아내며 억지로 말을 쥐어짜는 게 느껴지는 목소리였다.

"그것도 웃기지 않아?"

레드가 어이없다는 듯 말했다.

"그래서 너는 우리의 마지막 '로드'를……."

"그만!"

옐로우는 버럭 소리를 질렀다.

"내가 아니다."

옐로우의 눈이 벌겋게 충혈되어 있었다.

"진짜?"

레드가 웃음기 하나 없는 눈웃음을 지으며 물었다.

"그분을 죽인 건……."

"호호호호호호호!"

레드는 목젖을 보일 만큼 크게 웃었다.

"그래, 네가 아니라고 하자. 그분을 죽인 건 네 혀에 놀아난 멍청한 원로들이었으니까."

레드는 별로 개의치 않는다는 듯이 말했다.

"자!"

레드는 분위기를 환기시켰다.

"그래서 이제 나는 어찌 되는 거지?"

"그걸 왜 나에게……."

"이거 왜 이러시나."

레드는 눈초리를 매섭게 치켜세웠다.

"네가 아니면 누가 결정하지? 어?"

"……."

옐로우는 말을 하지 않았다.

아니 못했으리라, 아니 안 했다.

"그럼 내가 결정할까?"

레드는 블루와 블랙, 화이트를 쳐다보았다.

"웃기기는 하네. 그치? 죄를 지은 년이 스스로에게 벌을 내리다니 말이야. 안 그래?"

레드는 경건하게 양팔을 들어 하늘을 올려다보았다.

"그럼 지금부디 맹악을 낀 레드에게 벌을 내린디."

레드는 시선을 내려 블루, 블랙, 화이트를 일일이 쳐다보며 천천히 입을 열었다.

"추."

그리고 마지막으로 옐로우를 바라보며 말을 끝마쳤다.

"빵!"

그리고 손바닥을 활짝 펼친 후 다른 손으로 주먹을 쥐어 두들겼다.

"탕탕탕!"

레드는 한껏 굳어지는 옐로우를 바라보며 비웃음을 지었다.

"왜, 네가 가장 좋아하는 판결 아니야?"

부르르르르

"레에에에에드으으으!"

옐로우의 분노가 터졌다.

＊　　　＊　　　＊

"……이로서 우리 영국 정부는 EU 연합이 자국에게 도움이 되지 않는다 판단하여, 탈퇴를 염려하고 있습니다. 국민들에게 그 뜻을 묻고자 합니다."

브렉시트(Brexit).

영국의 유럽연합 탈퇴.

유럽이 흔들렸다.

그 시작의 근원은 드래곤들이었다.

*   *   *

틱—

TV화면이 꺼졌다.

"결국 영국 정부까지 움직였군."

화이트는 설마 설마 했던지 한숨을 쉬며 말했다.

"그녀는 영국 왕실의 수호자니까."

블랙.

"그녀가 움직이면, 인간들도 움직인다. 몰라?"

블랙의 목소리는 날카로웠다.

"……."

화이트는 발끈하려다가 그의 눈빛이 너무나도 차갑게 식어있어 꾹 입을 닫았다.

"어떻게 할 거야?"

블랙은 침묵을 지키는 옐로우를 쳐다보았다.

"……."

옐로우는 여전히 눈을 감은 채 말이 없었다.

"뭘 어떻게 하긴. 죽여야지. 배신은 죽음뿐이야."

블루가 이를 갈며 말했다.

"……!"

그 말에 놀란 화이트가 눈을 동그랗게 뜨며 블루를 쳐다보았다. 그에 반해 블랙은 여전히 착 가라앉은 눈빛으로 블루를 쳐다보았다.

"큼!"

상반되었지만, 어쨌든 둘의 시선에 블루는 헛기침을 삼키며 시선을 외면했다.

셋은 느끼고 있었다.

그들이 어떤 마음이건, 상황이 어찌 되었든.

선택은 옐로우가 내릴 것이라는 것을.

"……드래곤은 위대하다."

옐로우가 천천히 입을 열었다.

"신의 은총을 입고 태어난 이 세상에서 가장 위대한 일족이지."

옐로우는 차분하게 블랙, 화이트를 거쳐 블루를 쳐다보았다.

"함께 가야지. 그 어떤 잘못을 했어도, 그녀는 위대한 피를 타고 난 드래곤이니."

"옐로우!"

블루가 불만에 찬 목소리를 냈다.

"끝까지 들어, 블루."

옐로우가 엄하게 말하자 블루는 불만에 찬 표정을 지우지는 못했지만 입을 꾹 닫았다.

"잘못했으니 벌은 받아야지."

옐로우의 말에 블루의 눈동자가 동그랗게 변했다.

"어떤 벌?"

블루가 그 말을 아주 환한 미소로 반겼다.

"글쎄."

옐로우는 손으로 턱을 쓰다듬었다.

"그게 좋겠군."

옐로우의 입가에 비릿한 미소가 지어졌다.

"뭐지?"

그의 성향을 아주 잘 아는 블루의 미소는 더욱 환해졌다.

"우정을 배신했으니, 다시는 그러지 못하게 하면 되지 않을까?"

"설마?"

블루가 소리치듯 말했다.

"그래, 그 설마."

"우정의 인장을 말하는 거지?"

블루는 벌써부터 그녀의 드래곤하트에 '우정의 인장'이

찍힌 것처럼 신나 했다.

"그래."

옐로우는 블루를 보며 고개를 끄덕였다.

"앞으로는 우리를 배신할 수 없게 해야지."

블루는 주먹을 불끈 쥐며 몸 안에서 흔들었다.

"그리고 불의 피도 끊기게 할 수는 없지."

블랙은 별다른 이견 없이 고개를 끄덕였다.

하지만, 고개를 끄덕이는 화이트의 눈동자는 어두웠다.

그녀 역시 옐로우를 너무나도 잘 알고 있었기 때문이었다. 그렇기에 레드의 미래가 훤히 그려졌다.

살아도 산 것이 아닌 삶을 살아갈 것이며 그들의, 정확히는 옐로우의 노예가 되어 살아갈 것이 뻔했다.

그렇게 또 다른 레드가 태어나면 폐기가 될 것이다.

옐로우는 그 어린 레드에게 절대적인 믿음이 될 터이다.

"왜, 내 결정이 마음에 안 드나?"

그런 감정을 알아차린 옐로우는 화이트를 지그시 바라보며 물었다.

"아, 아니!"

그 말에 화이트는 화들짝 고개를 좌우로 저었다.

"좋아."

"다행이군. 내 의견이 좋다 하니."

화이트를 바라보는 옐로우의 눈매는 가늘어져 있었다.

＊　　　＊　　　＊

"화끈해."

피닉스는 레드를 보며 엄지손가락을 치켜세웠다.

찡긋—

레드가 어이없이 바라보자 느끼하게 윙크를 날렸다.

"하아—, 내가 어쩌자고 저런 화상이랑 사랑에 빠진 것인지."

"음—."

레드의 푸념에 피닉스가 손바닥으로 자신의 얼굴을 스캔하듯 훑어 내렸다.

"나의 잘생김?"

그의 손이 좀 더 내려가 가슴으로 향했다.

"그대에게 정열적으로 돌진하는 이 마음?"

그리고 그의 손이 좀 더 아래로 내려갔다.

"그만!"

레드의 이마에 힘줄이 불룩 솟아났다.

"더 내려가면 죽는다."

"하하, 하하."

레드의 살벌한 눈빛에 피닉스의 이마에서 굵은 땀 한 방울이 또르르 흘러내렸다.

"어쨌든 이렇게 되었네."

레드는 박현과 투룰을 쳐다보며 말했다.

"괜찮겠습니까?"

투룰이 조심스럽게 물었다.

"안 괜찮을 건 또 뭐야?"

"하지만."

투룰이 뭐라 말을 덧붙이려 했지만, 레드가 손을 저어 그의 말을 가로막았다.

"괜찮아. 어차피 한 번 싸워야 할 녀석이었으니까."

레드의 눈에서 시퍼런 기운이 쏟아져나왔다.

"아—."

그리고 투룰은 무언가 깨달은 듯 짧은 침음을 내뱉었다.

"다른 녀석들은 신경 안 써도 돼. 옐로우, 그 녀석만 죽이면 다시 예전으로 돌아갈 테니까."

"하지만 옐로우는 강해."

지상 최강의 신이라 평가받는 피닉스도 한 걸음 정도는 양보할 만큼, 옐로우는 그런 존재였다.

"강하지."

레드도 알고 있었다.

"그럼?"

"하지만 한 손으로는 열 손을 막지 못해."

레드는 박현을 쳐다보았다.

"어디서 많이 듣던 말이지?"

박현은 피식 웃으며 고개를 끄덕였다.

"옐로우, 그는 강해. 하지만 지나치게 순혈주의자지."

레드는 투룰을 쳐다보았다.

유럽과 아프리카에서 세상을 지배하던 신들은 옐로우를 만난 순간 선택을 해야만 했다.

죽든가, 색채를 지우고 그 앞에 허리를 숙이든가.

그 결과 많은 신들이 죽고, 많은 신들이 묻히고 기억 속에서 흐릿하게 지워졌다.

"그 녀석이 가지지 못한 걸 나는 가졌지."

레드는 우아하게 찻잔을 들었다.

"설마?"

"나 대영제국의 여황이야."

레드는 피닉스를 보며 방긋 웃었다.

"오랜만에 제국의 깃발을 세웠지."

과거 영국을 이리 불렀었다.

해가 지지 않는 나라.

이유는 단순했다.

전 대륙에 걸쳐 그들의 땅이 있었기에 해가 지지 않는다고.

비록 과거의 영광은 사라졌어도, 그 힘은 남아 있었다.

전 세계 53개국.

영연방 국가.

"그들을 불렀어."

레드는 씨익 웃었다.

*   *   *

"여어, 오랜만이군."

"근 오십여 년 만인가? 다들 이렇게 모인 것이?"

영국 고궁 앞.

다섯 명이 모였다.

인종도 다양했다.

하얀 피부를 가진 유럽인, 구릿빛 피부를 가진 남부 아시아인, 검은 피부를 가진 아프리카인, 아시아인과 유럽계가 묘하게 섞여 있는 남부 아메리카인, 그리고 거구를 자랑하는 오세아니아인까지.

5대륙 대표하는 외형이자, 그 대륙을 대표하는 신들이었다.

"그나저나 우리의 여황께서는 무슨 일로 우리를 부르셨나?"

"너는 아는 거 없어?"

네 명의 시선이 유럽인에게로 향했다.

"일이야 있지. 너희들도 알지 않나?"

"아! 브렉시트?"

"설마?"

"드래곤의 연합이 깨어진 거지."

"허어—."

"그렇다면……."

"과거로의 회귀."

"그건 아니야. 우리의 여황께서 그들에게서 독립을 한 것이니까."

"그럼, 이 땅에 다시 해가 다시 지지 않는 것인가?"

"여진히 그녀의 태양은 지지 않고 있어."

"다만 해가 더욱 강렬해지는 것이겠지."

"누군가에게 따뜻함을."

"누군가에게는 질식할 것만 같은 뜨거움을."

"그 태양 아래 우리의 그림자를 더욱 깊게 드리운다."

다섯 인물의 시선이 한 곳으로 뭉쳤다.

그리고 그들은 몰랐다.
자신들이 우러러보는 태양 위를 진짜 태양이 비추고 있음을.

〈다음 권에 계속〉

1) 피닉스: 피닉스에 대한 설은 여러 가지가 있으나, 확실한 전승은 없는 것으로 보아 후대에 가공되어 만들어진 존재라 볼 수 있다. 아라비아에서 태어났다는 설과 이집트에서 태어났다는 설 등이 가장 주요하게 쓰인다. 또한 죽지 않는 새, 불사조와 불의 화신 등 그 모습 또한 일정하지 않다. 때로는 서양에서는 봉황, 주작을 뜻하기도 하는 등을 일컫거나 혼동하여 사용하기도 한다. 이에 본소설에서는 편의에 맞게 재설정을 하였다.